はるか遠く

岡田 英子

Eiko Okada

文芸社

はるか遠く

因幡　了様

何から話せばうまく伝えることができるでしょう、話したいことがたくさんあった気がするのに今は思いつきません。ただ、私はあなたと一緒にいるべきではやっぱりないと、そう思います。

優しいりょう、私はあなたから色々なものをもらいました。温かいりょう、あなたにはとても感謝しています。あなたに触れるたび私は自分の幼い弱さを痛いほど知りました。あなたが私に言葉を投げてくるたびに、戸惑いながらもそれでもあなたに聞いてみたいことがありました。

こんな私でいいのかと。

でもそれは怖くてどうしても聞けませんでした。

りょう、私が、こんなにも人のことを好きになれるなんて思ってもいませんでした。りょう、あなたはきっと幸せになれる人です。私のことは心配しないで、あなたのこれからがあなたらしくあることを祈っています。

第1部

季節は春だった。その日の朝もりょうは私の体調をしきりに気にしていた。私のことを気遣いながら、私の顔を覗き込みながら、「大丈夫?」と何度も何度も言った。ドアを閉める瞬間に振り返って、「行ってきます」の代わりに精一杯の笑顔で「早く帰るからね」と言ったりょうの両目は赤く腫れ、顔は白かった。これじゃあどっちが病人だか分からない。私は微かに笑ってりょうを送り出した。

りょうを送り出してから、その後私も家を出た。小さなリュックひとつきりを肩からしょって。今の自分に必要なものは白い袋に入った内服薬とパスポート、たったそれだけだった。なんだか少し寂しいような気がしたけれどすぐに可笑しくなった。心が痛んだ。けれど私はもう限界だった。りょう、私はあなたとこれ以上一緒にはいられない。あなたには分からないかも知れないけれど、あなたでは駄目なんだ。ごめんね、りょう。

捺印した離婚届と小さくたたんだ便箋を机に置くと、私は部屋を出て単身渡米した。後悔はなかった。

病気の告知とＦ３０００のテストドライバーに落とされたのが同じ時期だった。むせ返るような桜の花弁が川べりに折り重なるように咲き乱れていた季節だから、やっぱり四月だっただろう。午前中の平日の駐車場は、忘れられたように閑散としていた。つい先週までは尖った空気が皮膚の表面をかすめるような肌寒さだったのに、四月に入った途端、体に纏わりつくほど不快感を伴って空気の粒子は膨張し、汗ばむ陽気が続いていた。

車のフロントガラス越しに桜のピンクがふわふわと浮いて見える。４ＷＤの車の運転席から亡霊のようにぼんやりとそれを見ていた。

つ、と一筋、水のような涙が左目から流れ落ちた、さらさらと本当に水のような涙だった。透明でなんの感情もない。器から液体があふれ出すように、私の体の中の水分が飽和点を超え、左目の隙間から思いがけずこぼれ落ちた、そんな感じだ。何の感情も籠らない証拠に私は微動だにしない。私の虚ろな両目はさっきから同じ桜の色を映しているだけだった。

電話が鳴った。助手席に放り投げていた携帯が鳴っている。私は怖ろしいくらい、緩慢な動作で電話に目をやり、それから左手で引き寄せた。知らない番号だったけれど頬に残った涙の跡を拭うことも面倒臭くてそのまま電話をとった。

——中村総合病院、内科外来です。

事務的な声がした。木京はるかさんでいらっしゃいますか？　電波の向こうで事務的な声が自分の名を言っている。

先月の四日に受けた血液検査の結果が出ています、都合のよい時に結果を聞きに来て下さい。そう言って電話は切れた。

電話が切られてから暫くして、私はようやく思い当たった。先月の初めに風邪をひいて行った病院で、散々待たされたあげくに内科の若い医師に腕の瘢痕の理由を質され、採血のうえ血液検査をしたのだ。体中がだるくて口も利きたくなかったから素直に従ったけれど、安易に総合病院に来てしまったことを死ぬほど後悔したのだった。そういえば帰りがけに、二週間ほどで結果が出るから都合のよい時にもう一度外来まで来るように言われたような気もする。その後、発熱も治まり体調も回復したので病院に行ったことさえ忘れていた。

まったく、車内の湿度同様、煩わしいことばかりだった。

両目を閉じると瞼の奥がどくどくと熱をもっている。

——結果を出さなきゃね、はるか。

うるさい、頭の内側で声がする。

――テストドライバーで残れただけでも……、F3000と言ってもレベルが上がってきてるしね。

黙れ、うるさい。

――はるかは特別扱いっぽいから、昔から。

黙れ。

――お前はその程度の人間だ。

うるさい。

――私はその程度の人間だ。

――私はこの程度の人間だ。

頭の内側が割れるように痛かった。先ほどからの不快感はどうやらこの淀んだ車内の纏わりつくような空気のせいばかりではないようだった。左手でハンドルを掴み、私は両目を開けてもう一度フロントガラス越しの桜に目をやった。白っぽい桜の木々に重なって、幽霊のように血の色のない自分の顔がガラスに薄く映っている。私はイグニッションキイを回し、車を発進させた。留《とど》まっていたらおかしくなってしまいそうだった。

ブルーの４ＷＤが中村総合病院のばか広い駐車場に着いたのは、それからきっちり二十分後のことだった。平日の午前中だというのに駐車場はいっぱいだった。白線で仕切られた四角いスペースには整然と車が整列している。この四角い乗り物の数だけ人間がひしめき合っているはずなのに、駐車場も病院の外観もひっそりと沈んで見えた。

受付の待合を抜けて内科の外来へ向かう。機械音や建物特有の臭気や滞った空気やすれ違う入院患者のスリッパの音、医師の白衣、院内放送。病院の内側は、やはり外観とはまるで異なっていた。色々なものがひしめき合い、反響し合って歪んでいる。左手でこめかみを強く押さえる。さっきの頭痛の続きが、波が押し戻されるようにやってくる。

内科の外来は廊下の一番東側にあった。受付で来院を告げると、予約はしているかとか診察券を見せろとか、小さな窓口から覗き込むように小さな看護師に上目遣いで言われた。予約はしてないし診察券は失くしたと答えると再度名前を聞かれ、少々お待ちくださいと女は奥に消えた。それからすぐに戻ってくると、お掛けになってお待ちください、と抑揚のない声で言った。三十分ほど待たされた。昼前になってようやく名前を呼ばれたとき、外来の待合は私だけになっていた。

きれいな顔の若い看護師がクリーム色のカーテンをめくって、お入りくださいと端整な笑顔で言った。診察室に入るとその後から看護師も入り、カーテンを閉めた。狭い、細長い空間だった。蛍光灯の光を白い壁が照り返し、室内だというのに変に眩しかった。入り口の反対側は横幅いっぱいの窓で、窓の外と向かい合うように灰色のデスクが据え付けられていた。医師は背を向けてデスクに向かい書類にペンを走らせていた。医師の正面の丸いすに据わった私は、背中越しにペンを走らせている男の手元に目をやった。細くて長い、血管が透けて見えそうなくらい白いきれいな手だった。

「木京さんですね」

男がペンを置くのと、こちらに向き直るのと、私の名を呼ぶのが同時だった。若い医師だった。私を見ると若い医師は微かに笑って、木京はるかさんですね、ともう一度同じことを言った。笑うとさらに若く、幼くさえ見えた、小児科の医師のようだと思った。

「今日はお一人ですか?」

笑った顔のままで医師は言った。

「どなたかご家族の方とご一緒では?」

顔のわりには落ち着いた声だった。

「いえ」

私は一瞬表情を止め医師の顔をじっと見た。

「いえ、一人ですが」

それからとてもゆっくりとそう言った。

「そうですか」

その時、カサッと隣の診察室で書類が擦れる音がした。そんな音が聞こえるほどこの部屋が静かだったことにこの時初めて気が付いた。機械音も院内放送も看護師の話し声もいつの間にか消えていた。

「その後、体調はどうですか？」

そう言って男はまた私の顔を見て笑った。よく笑う医者だ。

「体調はいいです」

私は口元だけを動かしながら、医者はあまり笑わない方がいいんじゃないかと思った。でも医者もサービス業かとすぐに勝手に思い直した。

「あれから、発熱はありましたか？」

「いえ」

「貧血のようですが、立ち眩みは？」

「ありません」

あれ？　不意に若い医師は私の右肩を掴んで顔を近づけた。

「目が赤い」

「え？」

「炎症でも？」

一瞬、心臓がドクンと大きく波打った。

「い、いえ」

私の顔のすぐ目の前に男の顔があった。間近で見る男の顔はすっきりとした輪郭で長い睫毛をもっていた。大きな目は私の網膜を捕らえようとさらに大きく見開かれ、射抜くような視線だけれどどこか暗さを感じさせた。

「痛みはありますか？」

白い左手が私の目元と頬にそっと触れる。冷たい指だった。

「アレルギーがあるんです」

私はついてもつかなくてもどうでもいいような嘘をついた。医師はそれでも私の両目をじっと診ていたが、やがて何も言わずにすっと手を放し身を引いた。そしてデスクの方に向き直ってさっとペンを走らせながら「そのようですね」と独り言のように言った。

「腕の発疹はどうですか？」

医師はペンを置き再び私に向き直った。私は眇《すが》めるように目の前の医師を見返した。

「あの」

私は少しだけ顎をひいた。検査結果を聞きに来たんですが、膝の上に置いた手の指を組み替える。

「これは何かの診察ですか」

カルテを運ぶ機械音が再び聞こえてきた。一瞬ひときわ大きくなってからガシャンと止まった。医師の表情も私の顔の前で一瞬、ふ、と止まった。それからすぐまた笑顔になって「あ、失礼」とちょっと照れるようにはにかみ、顔色がとても悪いように見えたので、「その、つい」とさらりと言った。ついとは何だ、とても医者の言葉とは思えなかった。

「あの」

「ああ、検査結果ですよね」

今度は口元だけで笑うとデスクに向き直り、「白血球の数が多いのは発熱のためだと思われます」と前置きしてから、「ＣＲＰの数値が陽性ですね」とレシートのような検査結果の用紙をこちらに示しながら先ほどと変わらぬ落ち着いた声でゆっくりと言った。

「通常の数値の三倍です」

意味が分からなかった。「体の内部の炎症度ですよ」と短く説明された。

「体の発疹はいつ頃から？」

医師がまた聞いた。形のいい額に光の加減で青っぽく見える前髪がかかっている。

「冬頃から……だと思います」

「十二月?」

「はい」

「痛みはありますか?」

「いいえ」

窓の外を緑色のパジャマを着た男の子が走って行った。

「見せて、いただけますか?」

私は左腕の袖を肘まで上げて見せた。その腕を医師は冷たい指先で、す、と受け取る。左手で私の腕を下から支え右手の親指で瘢痕をなぞった。瘢痕は手の甲から肘の上あたりまでまばらに赤黒く点々としている。火傷の痕に似ている。何年か前に皮膚科で診てもらった時には紫外線過敏症だと言われた。そう告げると若い医師は僅かに頷き、それからやっぱり変わらぬ調子でまた聞いた。

「体の発疹は腕だけですか、それとも……」

「膝と背中と首と、たまに顔にもできます」

抑揚なく答えた私の顔を、私の腕をとったまま若い医者は僅かの間、じっと見た。

「何か?」

「あ、いえ」

医師は私の腕に視線を落としながら、「顔の発疹は痕になっていませんね」とちょっと小声になって言った。下を向くと長い睫毛がよく目立つ。普通ではない至近距離にいるため、さっきからいらぬところにばかり目がいってしまう。

「これは生検の痕ですね」

男は冷たい指先で、手首の白くなった細い傷跡をなぞった。

皮膚生検。一ヶ月前、発熱で訪れた内科の外来の処置室で、皮膚の組織を調べるとかで十円玉くらいの手首の皮膚をメスで切り取られた。高熱で意識が朦朧としていた上に局部麻酔をされたため、まるで痛みはなかったが、その後、包帯の煩わしさが続いた。場所が場所だけに、「ためらい傷でもつくったか」とからかわれたりした。

「きれいに治ってますね、細かく縫ってあるからもうほとんど目立たない」

独り言のようにそう言うと、医師は私の腕をそっと置いた。そして言った。

「膠原病《こうげんびょう》という病気をご存知ですか？」

全く知らなかった。

「結節性動脈周囲炎、ＰＮともいうのですが」

長い睫毛に縁取られた大きな目で医師は真っ直ぐに私を見ていた。まなざしだけが暗い。

「原因がよく分かってない病気で、明確な治療法もありません」

遠くで救急車の音が聞こえたような気がした。男の声は明瞭で口元はゆっくりと動いたようだったけれど、どうもさっきからまるで話が分からない。集中力を欠いているのか、目の前の男は病気と言ったか、結節性なんとか。それは――。

「それは、何の、病気ですか?」

回らぬ頭でやっとそれだけ言った。

「全身性の免疫障害です」

医師は何度も私の顔を覗き込むような仕草をしながら、ゆっくりと専門用語を口にした。感染症で肝臓や腎臓に炎症を起こすこともある、最悪、命にかかわる病気だと、ゆっくりだが医師ははっきりとそう言った。動揺はなかった、というより実感がなかった。目の前の医者のゆっくりと動く口元を見ていた。蛍光灯に照り返った白衣が眩しくて男の輪郭をあやふやにする。立ち眩みのような頭痛に襲われ、目の前の男はまるで現実味をもたず、実像ではなく幻のような存在に思えてくる。私の体温とこの部屋の温度差が見せた蜃気楼のようだ、幻が笑った。

「大丈夫ですよ」と。「医者は最初、脅かすものです」そう言って柔らかい物腰で笑うと、医者は「そんなことにはなりませんよ」と爽やかに言い切った。私は相槌を打つのも忘れて男の白衣をぼんやりと見ていた。

人懐こそうな顔で笑っている。「難しい病気ですが、絶対に治らないということもない、根気強く治療していきましょう」医師は明るくそう言った。

その後、最後まで結局、この医者はずっと笑っていた。

「受付で来月の予約をして帰ってくださいね」

そう言って医師がすっと体を引いたとき、丸いすが微かにきいと音をたてた。立ち上がった瞬間に、かるい立ち眩みを感じながら私は再び診察室から、いろんなものがひしめき合っている廊下に出て行った。

私にこれから一生関わっていく病気の告知をしたこの医師が、因幡了だった。


だから私の通院生活とF３０００のテストドライバーとしての日常はほぼ同時に始まった。主治医の因幡は毎月と言ったが、発疹や炎症を抑えるためだとかで大量の薬を処方され、二週間に一度は病院に通わなければならなかった。

因幡はどんな時でも笑っていて、誰と話をする時でも、そつなく正確な対応をした。職種のせいか、人と話す時、顔色を診るように相手の目をじっと見る。因幡は私に色々なことを聞いてきた。職業とか年齢とかどこに住んでいるのかとか、そんなこと最初に受付で書いているのに分からないのだろうかと思った。元々、自分のことを話すのは好きではなかったから、病院へ向かう私の足は日毎重くなっていった。

「F3000ってカーレースでしょ？」

私の腕の発疹を手に取って診ながら因幡は子供のように笑う、サーキット走るやつ、と。

「僕はよく知らないけど、やっぱりアイルトン・セナが好きなの？　将来はF1かな」

頭の上で、カルテを運ぶ機械音がうるさい。二十七にもなって、夢だの将来だのもないだろうと、医者の白い細い指を見ながら思った。

私は医者が嫌い。

医者のこの白い長い指が私は好きじゃない。私も、私の周りにいる人たちにもこんなきれいな手をしている者はいない。一年中皆、機械やマシンをいじっている。服も体もオイル塗れだ。指先は荒れ、黒ずんでささくれ立っている。それでも皆、手先は器用で工具や細かな部品を繊細に使う。それを見慣れているせいか、私はそういうささくれ立った黒い大きな手が好きだった。信用できる、安心する。目の前の白い細い手を持つこの男も、きっと薬品や細かな手術用の器具を器用に扱うのだろう、医者だから。でも……。

私は白いカルテに流れるようにペンを走らせている目の前の男の白い手を見ながら思った。

私は医者が嫌い。

その白い手は私を不快にさせる。

「それではまた来月、都合のいい時に来てください」

ペンを置き、体をくるりと反転させて私の方に向き直った医者は笑顔でそう言った。


季節は五月の中旬になっていた。最近は雨が多い。今日は雨の切れ間のような晴天だったが、まだ午前中だというのに日差しはすでに夏のそれを感じさせた。すっかり葉桜になった駐車場脇の緑を見ながら4WDのドアに手をかけたところに携帯が鳴った。

宇佐見だった。昨日の話の続きだろうか、一瞬嫌な感じが過《よぎ》ったがため息をひとつつくと、ドアにかけた手を放し車に寄りかかるように体の向きをかえて電話をとった。

「おう、はるか、今どこにいる？」

いつもの宇佐見の小気味いい声がする。電話の向こうは相変わらず火の付いたような喧騒だった。この時間、十四番ピットのいつもの場所から電話しているのだろう。

「悪いな、今からこっちに顔出せねえか」

周りの騒音に掻き消されないようにだみ声を張り上げている。受信するこっちは音が割れて聞き取りにくい。

「分かりました、三十分で行けます」

そう言って私は電話を切った。宇佐見が来いというなら、直接会わなければ済まない用事なのだろう、それにどうせ他にすることもない。私は助手席にリュックと電話を放り込むと運転席に乗り込んだ。

川べりを北に、サーキットまでは峠の一本道だった。民家が途絶えた、川とダムと山に囲まれた中にそれはある。ちょうど病院の川べりの上流にあたる。

車から降り立つと眩むような太陽光線で一瞬眩暈に襲われる。五月だというのに陽射しはもう夏だった。腹の底に響いてくるエンジンの音やサイレンが遠く近く聞こえてくる。自分の短くなった影を踏みながらピットの方に歩いて行った。

十四番ピットに顔を出すと、宇佐見は十分ほど前に事務所の方に行ったということだった。ピットの中はワークスもクルーもわりと落ち着いていて私の顔を見ると、おおとかやあとか気安く声をかけてきた。

「はるかちゃん、お弁当作ってきてくれた?」

メカニックが軽口を叩く。オイル塗れのTシャツやつなぎを見ながら、なんだか懐かしいと思う自分を情けないと思って笑った。くるりと背中を向けて事務所の方に向かう私の背中に、「はるかちゃん、男ばっかじゃつまんねーよっ」とオイル塗れの声が追いかけてきた。

私は振り返らずにくすりと笑った。

オイルの焼けた擦れた臭いは、甘いミルクの濃厚な香りに似ている。五月の平日のサーキットは白っぽくけぶり、夏の陽射しと甘ったるいオイルの臭いに包まれて、むせ返るような熱気を帯びていた。

事務所は管制塔の隣のコンクリートの建物の一階にある。管制塔は排気ガスや老朽化でかなり汚れてくたびれていたが、事務所の方は去年建てられたばかりで、遠目で見ると白く浮いて見える。入り口を入ると、冷房が効いていてひんやりと冷たかった。

「おう、はるか、来たか」

すぐに宇佐見が声をかけてきた。「まあ奥に入れ」外は暑いだろ、と事務所中に響き渡るだみ声でそう言うと、自分はさっさと奥の応接間に入っていった。遅れて入ると、宇佐見の向かいのソファに腰を下ろした。応接は絨毯もソファも茶色で少しだけかび臭かった。

「どうだ、最近、ヒマをもてあまして死にそうなんじゃないか?」

宇佐見は両膝に両肘をつき、背中を丸めて笑いを含んだ顔をこちらに寄越した。よく日焼けした精悍な顔だ。疲れているのか目のふちが少し赤かった。

「どうした、はるか」

私が答えるより先に宇佐見は目を細めながら大きな声を出した。

「顔色が悪いな、寝不足か?」

「いえ」

私は少しだけ顎をひいた。そんなはずはない、宇佐見の言う通り死にそうなほど時間を持て余しているのだから。

「まあいい」

口元だけでそう言った後、宇佐見はじっと私の顔を見た。そして言った。

「お前、まだ走る気はあるか?」

強い目だった。私は、戸惑った。

「それは、どういう意味ですか」

「言ったままの意味だ、ヨーロッパ戦参戦のために空輸したマシンが、枠外違反とかで今日こっちに返品されてきたんだ。調整済みのマシンだがドライバーがいねえ」

背筋がぞくりと震えた。私はゆっくりと唇を動かした。

「走りたい、です」

その声は私の外側ではなく、内側に響いた。

「よし」

同じ表情のまま、宇佐見は短く頷いてみせた。

遠くでサイレンの音がしている。ピットの方では腹の底に響くエンジン音がさっきから鳴り止まない。けれどそれも微かに聞こえるばかりで、耳鳴りのように鼓膜のあたりで燻っているだけだった。

「ただし、ワンメイクだ」

顔の前で手を組んでから宇佐見は言った。

「はい」

「これを機にシリーズ戦復帰なんて考えるなよ」

「それでも構いません」

そこで宇佐見は初めて顔を崩し、にやりと笑った。

「明日から十三番ピットに入れ、今週末だ。時間がねえぞ」

「宇佐見さん」

私はソファの横に、す、と立ち上がった。

「ありがとうございます」

不明瞭な声でそれだけ言った。深々と頭を下げてそのまま中々動けなかった。宇佐見はさぞ困った顔をしていたことだろう。

「馬鹿野郎、礼を言われる筋合いはねえ。そんなヒマあったらスポンサー丸め込むこと、考えろ」

私はやっと顔を上げた。宇佐見はソファに深く腰かけて足を高く組んで窓の方を向いた。若く見えるが、今年、四十二、三のはずだ。熊のような体躯で豪快に笑う、ガキ大将のような人だ。F1ホンダのワークスの経歴を持つという、その頃の宇佐見を私は知らないが、このガキ大将はいつも私を安心させる。窓の外を向いたまま宇佐見は煙草を一本くわえた。

「正直、引退を考えてるんじゃないかと思ってな」

私はソファに座り直し、膝の上に置いた自分の手の甲を見た。実際、考えなかったわけではなかった。走れないのならチームに残っていても仕方ない、昨日、宇佐見が言ったF3のワークスの話は引退をほのめかしたものだった。年齢的にも妥当なところだろう。でも、納得がいかなかった。これで終わりなんてできるわけなかった。

「引退は、考えられません」

正直な気持ちだった。

「まあ、そんなに思い詰めることもねえ。引退なんか、みんないつかはするもんだ」

「でも、私はまだ」

納得がいかない。子供じみた青臭い甘い考えだ、そんなことは分かっている。私は子供じゃない、でも、納得がいかないものはしょうがない。

「納得なあ」

煙草の煙と一緒に宇佐見は言葉を吐き出した。

「簡単に言うが、自分を納得させるのはこれは案外やっかいだ。お前さんみたいな、自分に厳しい人間にはな」

そう言ってガラスの灰皿で揉み消すとすぐに二本目をくわえた。

「俺たちは慈善事業じゃあねえからなあ。スポンサーやら協会やら企業やら、まあ色々やかましい。自分の一番いい時にいい状態でなかなか走らせてもらえるもんじゃねえ。その中でどいつもこいつも思ってる。上に行きてえ、表彰台に上がりてえ、納得のいくレースがしてえってな」

「はい」

「ところがこれが一番難関なんだ。自分が納得のいくレースなんざ、なかなかさせてもらえるもんじゃねえ、当たり前だ。後から気付くんだ」

「え？」

「あん時のあのレースが無駄か、そうじゃないかなんざ、ずっと後になって自分で決めることだ。ある日突然納得するんだよ」

「ある日突然」

「おうよ、だから納得のいくレースがしてえっていうお前の気持ちも分からんでもないが、そう焦ることはねえ。今、納得できなくてもそれは当たり前だ」

釈然としなかった。宇佐見は二本目の煙草も揉み消してからまたにやりと笑った。

「まあ、納得がいかねえなら走れ。走っても走っても納得はいかねえだろうがな」

きっと情けない顔をしていたのだろう。

「そんな顔するんじゃねえ、いつか分かるだろうよ。憑き物が落ちるみてえにな」

それこそ納得がいかなかったが、宇佐見は目を細めながら少し掠れた声で言った。

「まだ引退することもねえ。まだもうちょっとお前の走るとこ、見てみたいしな」

人に期待されるのは大嫌いだが、この人の期待だけには応えたいと思った。私は無言で自分の手の甲を見たまま唇を噛んだ。

「どうせ他にすることもないんだろう、男がいないことも知ってる。スポンサーにでもせいぜい自分を高く売り込んでみろ」

下を向いたまま私は少しだけ笑った。

「まあ、頑張れよ」

そう言って宇佐見は立ち上がり、よく日焼けした右手をぬっと出した。私も立ち上がってその手を握り返しながら、宇佐見のその強い目を見た。

アクセルを踏み込むと周りの景色は掻き消される。視界は点となり、点と点は結ばれラインになる。何も考えずそうやって運転に集中するのが好きだった。要らぬものが入る隙がない。ハンドルの振動は粗悪な路面の状態をタイヤを通して直接体に伝える。クラッチをきった時の体が一瞬浮くような感覚、サスペンションの具合。この三日間は車の微調整と走り込みで時間は忙殺された。久しぶりに確かな時間の感覚があった。

甘ったるいオイルの臭いが、誰もいなくなった真っ暗なコース上のあちこちにまだ残っていた。明日、すでに日付が変わっている時刻だったが、予選当日である。

人気のなくなったピットの蛍光灯の灯りをぱちんと消したとき、右手の中指が痺れているることに気が付いた。昼間の走行のせいだと思った。元々私は握力が弱い。車体全体の振動を長時間両手で抑え込んでいると、たまに痺れてくる。最近ではなかったことだけれど、一ヶ月ぶりの本気の走行が三日間続いたため負担がかかっていたのかもしれない、それともたった一ヶ月で鈍ってしまったのか、駐車場の方に歩きながら「私ももう年だから」とそんな月並みな台詞が浮かんできた。

ピットはどこも真っ暗だった。これがＦ３の選手権あたりになると、徹夜で泊り込み、明け方ちかくまで調整やら準備やらに追われているチームは少なくない。皆が皆、スポンサーを持っているわけではないから、昼間仕事をして暇を縫ってマシンをいじっているのだ。

駐車場にはブルーの4WDがぽつんと一台だけとまっていた。

ドアに手をかけたとき、静電気のような痛みが右手の中指に走った。もう一度ドアに手をかけようとしたが、もう痛くて何も掴めなかった。とにかく暗くて何も見えないので左手でドアを開けると、運転席に倒れこむように乗り込んだ。室内灯をつける。右手の中指の第一間接が赤黒く腫れていた。前からそこにあった発疹が熱をもち、明らかに悪化していた。途端に左足の親指の付け根が火をつけたように痛み出した。

痛くて、体が動かせない。

低く呻《うめ》くと、シートを倒して体を反転させ助手席の方に体を向けた。蹲《うずくま》って暫《しばら》くじっとしていたが、体中から脂汗のような嫌な汗が吹き出してきて、痛みは酷くなるばかりで体中に広がっていく。発熱もしているようだ。動けなかった。体が動かない。誰か――。

誰か呼ばないと。声は喉のあたりで嫌な呻き声になるだけで、まるで役に立たない。目がちかちかしてくる。耳の奥の方で色々な声が蠢《うごめ》いていた。視界が真っ赤に染まる、物凄い雨音で何を言っているのか分からない。言葉じゃなかった。何かを必死で叫んでいた。鈍く光る金属製の工具、劣等な厭らしい生ぬるい赤い赤い血、滝のような土砂降りの雨の中、肺から血が出そうなほどに私は必死になって走っていた。――遠くへ、お前はその程度の人間だ。――遠くへ。バイクの工具で父親の後頭部を殴った夜、私は人間ではなくなった。郊外の空地の錆びたフェンスを指に食い込むほど握りしめ、しがみつき、濡れたアスファルトに顔を擦り付けるようにして泣いた。色々なものがいろいろなものと交じって流れていった。私は必死にしがみついていた。錆びたフェンスと爪が手のひらに食い込んで痛かった。震える右手に私は携帯電話を握っていた。髪はぐっしょりと濡れて顔や額にへばり付いていた。指を動かすたびに激痛が走った。

――中村総合病院です。

暗闇で声がした。最初、どこに繋がったのか分からなかった。多分リダイヤルを押した。電話から聞こえてくる声はまるで、空の彼方の雲の隙間から聞こえてくるように遠かった。

――もしもし、中村総合病院ですが。

声は繰り返し、また言った。

呻《うめ》き声のような不明瞭な声が、私の喉から洩れる。玉のような汗が額を伝って流れ落ちた。吐き気がする、押さえつけられるような痛みの間から途切れ途切れのか細い声が、やっと僅かにからからの声帯を震わせた。先生――と。

――先生。

「——因幡先生、——いらっしゃいますか」

「因幡は僕ですが」

聞き取れない、

——もしもし、あなたは？

誰か。

——もしもし？　聞こえますか？

誰か。

——はるかさん？

闇の中で、その声だけが明瞭に聞こえた。

——木京さん？　木京はるかさんですか？

因幡は懸命にそして辛抱強く、朧《おぼろ》げな私に何度も何度も場所と様態を聞いた。その時のことはよく覚えていない。

目が覚めたとき、状況はあまり変わっていなかった。眠っていたのか気を失っていたのか、多分三十分ほど経っていた。視界は相変わらずちかちかとして鬱陶しく、体はだるく手足の痛みもそのままだった。けれど助手席に因幡がいた、今来たばかりなのか動揺しているのか少し息があがっていた。それでも心配そうに私の顔を覗き込み、あのきれいな手で私の背中を摩《さす》っていた。はるかさん？　診察室の時と同じ落ち着いた声で、因幡は私の名を呼んだ。

「気が付きましたか、はるかさん」

覗き込むように私の顔色を窺《うかが》っている。

「これから僕の車で病院に行きます。いいですね？」

私の体を抱きかかえようとする因幡のシャツを、握力のまだ残っている左手で掴んだ。明日の朝、予選があること、右手と左足の指先が酷く痛むこと、明日の予選と明後日の本戦はどうしても走りたいことを、不明瞭な言葉と分かりにくい説明で私は体を引きずるように因幡のシャツにしがみつきながら懸命に伝えた。因幡は小さく首を横に振りながら掠《かす》れた声で「はるかさん、それは無理だよ」と囁くように言った。そうして多分、暴れる私を抱きかかえて自分の車に移して病院に向かった。私は始終、不安で不快で嫌らしい汚らしい断片的な夢だけを見ていた。

次に目が覚めた時は病院の個室だった。点滴のチューブに繋がれていた。変わらず発熱のだるさはあったが、手足の痛みはひいていた。クリーム色のカーテンの向こう側が眩しいくらいに明るくなっているのが、目が覚めてからずっと気になっていた。何時だろう。

個室には時計がない。横になったままぐるりと見回すと、枕元のワゴンの上に自分のリュックがあった。因幡が持ってきてくれたのだ。点滴で繋がれているため苦労してリュックに手を伸ばし携帯を取り出す。八時十五分だった。まだ間に合う。ベッドの上に体を起こしたとき、看護師が入ってきた。私を見ると、何か言おうとして近づいてくる看護師を拒絶するように私は大声で言った。

「急用があります。点滴を外してください」

看護師は驚いた顔をして、困ったように顔に手をあて小首を傾げた。私は重ねて言った。

「急用なんです。点滴を外してください」

ベッドから転げ落ちそうな勢いの私に看護師は「先生を呼んで来ますから、ちょっとお待ちください」とぱたぱたと音をたてて廊下を小走りに消えていった。

——はるかさん、それは無理だよ。

車の中で、因幡は確かにそう言った。途端に私は焦燥感に襲われた。捕まる前に逃げなくては。なんだか時代劇がかった思いが本気で腹の底から湧き起こった。焦って私は点滴の注射針を自分で引き抜いて、それからリュックを掴んでベッドから下り、立ち上がった。同時に足元から掬われたようにふらついた。立ち眩みの不快感の向こうから数人のばたばたという足音が近づいてきた。

「はるかさん、無理をしては駄目だ」

因幡だ。白衣は着てなく私服だった。私の発疹だらけの赤黒い腕から、つ、と一筋赤い血が手首までつたう。生暖かかった。看護師が慌てて私の腕をとって脱脂綿を押し当て点滴の痕を止血した。看護師に白いテープを貼られながら、私はきっと怯える小動物のような目で因幡を見ていた。

「大事な用なの、私行くから」

「はるかさん、走るのは無理です」

因幡は冷静に言った。

「ベッドに横になってください。あなたが昨日どんな状態で運ばれてきたか説明します」

そんな暇はない。

「説明なら予選の後で聞きます、今は行かせて」

必死だった。

「そんな状態では無理です。昨日あなたの右手の握力はほとんどなかったでしょ。走行中にまた指先が痛み出したら命に関わります。走るのは無理です。諦めてください」

諦められるわけがない、この男は何も分かってない。

「予選の走行は十分で終わるから、大事なレースなの、後がないの」

自分を繕う余裕がなかった。私は必死だった。因幡は、情けないような、可哀相なものでも見るような目で私を見た。その後で短く言った、「それじゃあ、僕も行く」と。

「先生」と私の横に立っていた看護師が呆れたような声をあげた。

「行くって、どこに」

私はか細い声で聞いた。

「君と一緒にサーキットに行くよ。車のキイを取ってくるから待っていて」

因幡はあっさりとそう言うと、部屋を出ていこうとする。

「ちょっと待ってよ」

「僕も行く、それが条件です。それからレースが終わったら入院してきちんと検査を受けてください」

長い睫毛の暗いまなざしでそう言うと、因幡はいつもの因幡と全く同じ表情で笑った。

「僕は夜勤明けで今日は休みです。後はよろしくお願いします」

最後の方は看護師に向かって言った。夜勤明けにもかかわらず因幡の横顔はとても爽やかだと思った。

三分後には私はもう因幡の運転する車の助手席にいた。この男はいったい何を考えているんだろう。混乱しながらも、値踏みするような嫌な目で私は運転席の男を見た。よく見ると目の淵は赤く腫れ、前髪が顔にかかり眠っていないのが分かる。私の視線に気付いたのか、因幡はちらりとこちらを振り返った。それからすぐにまた前を見て、そのまま話し出した。

「俺の同期の槇村がね」

話し始めた因幡の声は、こんな状況にもかかわらず楽しげにみえた。

「今外科にいるんだけどさ」

――ひとつ、上。

待合室で通院患者が話していた。因幡先生は二十八歳だとか。目を閉じると耳の奥がごうごうと鳴った。

「モータースポーツが好きでさ、Ｆ１とかさ」

因幡の穏やかな声は診察室でも車の中でも変わらない。

「なあ、聞いてる？　はるかさん。それでね、前に病院で君を見かけたみたいでさ、それ以来はるかちゃん、はるかちゃんって大騒ぎなんだ」

「え？」

「君は有名人みたいだね。モータースポーツの雑誌に載ってる君の写真見せられたよ」

私は答えず、助手席の窓から見飽きた景色を目で追った。

「速いんだってね、はるかちゃん」

因幡は子供のように笑った。

「速い上にかわいいって、うちの槙村は君のファンみたいだよ」

窓の外の景色は目を細めると、輪郭があやふやになって光と色の塊になる。

「はるかちゃん?」

「え?」

私はふっと我に返った。

「あ、ごめん」

因幡はなぜか慌てて前を向くとぼそりとそう言った。なんで謝るのだろう。

因幡は前を向いたまましばらく黙って運転していた。そして忘れた頃に少し照れたように笑って言った。

「槙村の奴がね、本当によく君の話をするんだ。はるかちゃんの去年のベストラップがどうだとか、はるかちゃんはアライよりショウエイ派だとか、あいつは君の好きなものから趣味まで全部知ってるぜ。毎日、はるかちゃん、はるかちゃんて横で聞かされてたから」

因幡は前を向いたまま言った。

「なんだか俺も君のこと前から知ってるような気になっちゃって、はるかちゃんなんて、馴れ馴れしいよな」

どうでもよかったので、私はまた窓の外を見た。通い慣れたサーキット場はもう目の前だった。地を這うようなエンジン音が耳に入ってきていた。大きくひとつ息を吸い込んだ。宇佐見の顔が浮かぶ、きっと怒鳴られるだろう。宇佐見の怒鳴り声も今は懐かしいと思った。早く走りたかった。

それからサーキット場に着くまで私も因幡も喋らなかった。車内には微かにR&Bが流れていた。駐車場に着くと、私はすぐにピットに向かった。昨日と同じ場所に自分の4WDがとまっているのを横目でちらりと見た。因幡にはスタッフパスを渡して、ピットまで出入り自由になるが、緊急の場合以外ピットには立ち寄るなと言いおいた。

十三番ピットは火がついたような喧騒の只中だった。宇佐見が怒鳴り、ワークスが狭いピットの中を走り回っている。私の顔を見るなり、宇佐見の怒鳴り声が飛んできた。

「はるかっ！　この馬鹿、今頃のこのこ来やがって」

唾を飛ばして噛み付いてくる。

「言い訳なんざ、聞く暇ねえ。早く着替えてこい」

「はい、すみません」

「すぐに出ろ！　時間がないぞ」

「分かってます」

内臓を震わすエンジン音と、ワークスの汚れたつなぎと、オイルの臭いと、コンクリートの染みと、窮屈なコックピットと、体重をかけると少しだけ軋むシート。私がこんなにも走ることに執着するのは、ここが私の居場所だからだ。あの土砂降りの雨の日から、私の体は確実に少しずつ腐っていった。腐った内臓は走るたびにかかるGによってぐしゃり、ぐしゃりと段々に潰れ飛ばされていく。モンゴルであるという風葬のようだ。風に晒され葬られていく。アクセルを踏み込みながらピットロードから第一コーナーに出る。加速、左右の景色は掻き消され視界は狭まり点になる。点と点は結ばれラインができる。よけいなものは要らない。はつか鼠のように走るだけだ。

すべての行程は昼過ぎには終了し、コース内には清掃車が入って明日の決勝の準備がすでに始まっていた。予選リザルトが出揃い、明日のスターティンググリットが発表された。スポット参戦の木京はるかは五列目九番グリットからのスタートだった。

私は約束通り、因幡とおとなしく病院に戻った。走行が終わりピットに戻って、マシンを降りてヘルメットをとったとき、宇佐見が大股で近寄ってきた。

「悪くねえじゃねえか、このガキ」

そう言いながら大きな黒い手のひらで私の頭をくしゃくしゃと鷲掴みにした。

「ひやひやさせやがって、明日は遅れるんじゃねえぞ。分かったかコラ」

宇佐見は日焼けした赤い顔にいくつも皺を刻みながら、なおも私の頭をぐらぐらと揺すった。

決勝が終わって落ちついたら、私は病院のクリーム色の天井を眺めながら思った。宇佐見にはきちんと体のことを話しておこう。目を閉じると、腕には車体の振動が、鼻腔にはオイルと排気ガスの臭いが、腹の底には地響きのようなエンジン音とサイレンがはっきりと残っている。目を開ける。病院の天井のクリーム色はそれだけをずっと見ていると、遠近感がなくなってくる。

採血と投薬と触診と点滴をされた。それから、さっき眼科の医師が来て診察をしていった。最後に看護師に呼ばれ、いつもの診察室で因幡と向かい合った。

「明日の朝、痛み止めを打ちましょう。応急処置ですよ」

診察室には西日が射し込んで、因幡の顔をいつもより陰影の濃いものにしていた。疲れているように見える。私はふっと視線を落とした。

「疲れましたか？　はるかさん」

少しだけ背中を丸くして、因幡はそう言いながら疲れた顔で笑った。疲れているのは私ではない。

「先生こそ」

私は軽く爪をはじいた。

「先生こそ、今日はお休みだったんでしょ」

私はあまり抑揚をつけずにそう言った。

「僕は平気です。何もしてないし、別に予定があったわけではなかったから」

医者はそう言い、俯きぎみの私の視線を掬い上げるように、少し小首を傾けて私の顔を見た。

「はるかさん?」

私は返事をする代わりに無言で顔を上げる。

「明日は大事なレースでしょうから、今日はゆっくり休まないといけない」

「はい」

「それが終わったら……」

因幡は少しだけ言い淀んだ。

「そのレースが終わったら、しばらく入院していただくことになると思います」

入院、私は左の中指の爪をはじいた。

「しばらくというのは、どのくらい」

「今日の検査結果が出てからでないとはっきりしたことは言えませんが、内臓の精密検査をします。感染症の疑いがあります」

西日が逆行になって因幡の顔はよく見えなかった。その分、ふっと横を向いた時に黒く光る長い睫毛がよく目立つ。

「感染症」

壊れたおもちゃのように、繰り返す。

「最初に言ったよね。膠原病は全身性の病気で、腎臓や肝臓に感染症を起こすこともあるって」

それは、まるで実感がないことだった、因幡は続ける。

「感染症にかかった場合、投薬で治る場合もあるけど、これも検査結果次第なんだけどね、手術しなければならない時もある」

手術。

それは駄目だ。手術をすれば入院が長引く、入院が長引けば、もうチームには戻れないかもしれない。宇佐見だっていつまでも待っていてくれるという保障はない。ドライバーの代わりなんて腐るほどいる。

「手術は、いやです」

自分の先の黒くなった指先を見たまま、私は片言で言った。

「はるかさん」

因幡はため息をつくように私の名を呼んだ。

「あなたは病気なんです、自覚してください」

噛んで含めるような言い方だった。

「このまま何もしなければ、昨日のようなことにまたなります。きちんと治療をしましょう。本来なら……」

因幡は、私の方に少し乗り出した。丸いすがきいと鳴った。

「本来なら、明日のレースだって絶対に許可できません。あなたの気持ちは分かりますが、ご家族は何と仰っているんですか、病気のことは話したんですか」

因幡にしては珍しい、責めるような言い方だった。ただ声だけはいつもと同じ、穏やかだった。この人は多分、怒っている。多分、私のために。診察室の窓からは、最後の西日が弱々しく白い壁にオレンジ色の影を落としている。私は因幡の黒い長い少し伏し目がちな睫毛を見ながら、「家族は、いませんので」とふわふわした気持ちでそう言った。ふわふわと雲の中を漂うような、夢とも現実ともつかぬ、地に足がついていない、まるでこの世のものではないような、自分がこの世のものではないようなそんな心持ちだった。

私は少し笑っていたのかもしれない。因幡は悲しそうな、寂しそうな、不安そうな顔をした。きっと、私のことを頭のおかしい人だと思ったのだろう。家族がいないと言った私の言葉にではなく、その時に一瞬見せた人らしからぬその顔に、それ以上言葉を継ぐことができなかったのだろう。隣の診察室で話し声が聞こえる。がたんと音をたてて私はいすから立ち上がった。

「では明日、よろしくお願いします」

雲の上から、ふわふわした声で私は因幡にそう言って診察室を出た。因幡の顔は見なかった。西日は完全に消え、安っぽい蛍光灯の下、生暖い夜がはじまっていた。

殺意はなかったのかと問われたので、覚えてないと言った。なぜ逃げたのかと責められたので、分からないと言った。自分のしたことには自覚がある、感覚があるからだ。スパナが後頭部に食い込む鈍い手ごたえと鮮血の色、部屋に充満する夕食の残り香とせり上がってくる胃液の味、そして私は逃げた。逃げたというよりそこにはいられなかった。この忌まわしい場所から遠く、遠くまで、一ミリでも離れたかった。幼稚だが本気でそう思っていた。父親は病院に運ばれ、ほどなく意識も回復した。軽症だったということだ。十七歳だった私は、拘置所から少年院に送られ、半年後、保護観察期間という条件付きで戻ってきた。いや、帰る場所なんかなかった。それは分かっていた。だから私は、かねてからの計画通り、保護観察期間を無視し、単身渡米した。十七歳ながら私はよく分かっていた。私は家族との縁が薄い人間なのだと。父親のことが愛せない、好きになろうと努力もした。でも駄目だった。中学校にあがる前に事故で亡くなった母親のことも、さして好きだったような記憶はない。けれどその頃はそれだけのことだと思っていた。やがて自分の心の異常さに気付いた。そして自分というものが立ち行かなくなった。その頃の私は人間の皮一枚でやっと人の振りをして生活していた。見た目にはそれでも普通の家庭と変わりなかった。幸せそうに見えてみんなそんなものだとも思った。

けれど私はあの晩、普通の人間ではなくなった。かろうじて繋がっていた皮一枚の人間の皮膚はいとも簡単に千切れとんだ。なぜ切れたのかよく覚えていない。きっと些細なことだった。お前はその程度の人間だ、薄笑いを浮かべながら父親はそう言ったように見えた。私は戦慄し、切れた。父親は狂っていると思った。狂人には言葉は通じない。だから殴った。いや違う、もっと混濁としていた。訳の分からないわだかまりを振り切るように、私は凶器を振り下ろした。それは私のこの世との決別だった。きっと狂っていたのは私の方だった。あの夜から私の内臓は少しずつ、少しずつ腐っている。夜ごと感じる。腐った内臓を引きずるようにして今も私は生きている。

鼠色の空だった。

「終わるまでもってくれるかな」

朝一で病院に出頭して病院の駐車場から空を見上げて思った同じことを、宇佐見がまた隣でぽつりと言った。決勝スタートは十一時、ピット内にはレインタイヤが用意されていた。空色を見ながら宇佐見は腕を組む。このまま終わるまでもってくれればそれでよし、始まる前に降ってしまったらタイヤ交換をするだけだった。けれどレース途中で降り出す場合は厄介だ。Ｆ１と違って途中タイヤ交換などない。レインタイヤ装着か否か、宇佐見の決断が待たれるところだ。

「はるか」

「はい、このまま行きます」

宇佐見の呼びかけに私は即答した。雨が降れば勝ちはない、私はそう思っていた。雨天の走行は得手ではなかったからだ。隣で宇佐見がにやりと笑う。

「俺は知らねえぞ」

「きっと降りません」

言ってから口を真一文字に結んだ。

車は最終チェックが行われ、続々とピットロードからコースへと出て行く。右手と左足の具合を確かめながら私はゆっくりとスターティンググリットについた。痛み止めが効いているのか、もう痛みなどないのか全くいつも通りだった。

――このレースが終わったら、しばらく入院していただくことになると思います。

私はヘルメット越しの狭い視界の中の前だけを見据えた。今はレースだ。私にとって今期初レースのスタートは間もなくだった。

途中、赤旗中断の大荒れだった。レース中盤十一周目、トップ三台が最終コーナーで接触、コース上に救急車まで入る大クラッシュとなった。結果、赤旗が振られレースは一時中断。三十分のインターバルを挟み、仕切り直しで残り十九周再スタートとなった。トップ三台は車が大破し、ドライバーもそのまま救急車で運ばれた。結果、順位は繰越し、木京はるかは今期初参加ながらも六位入賞の大健闘となった。

「どうした、はるか、冴えない面して、こんな時ぐらい嬉しそうな顔しろ」

夕方、ようやく静かになったサーキットでは、ワークスとスタッフに酒が振る舞われ、ちょっとした祝賀ムードになっていた。ただし、木京はるかの六位入賞ではなく、チームのファーストドライバー新藤広樹の今期初優勝の、である。四番グリットからスタートした新藤は途中中断を挟み、再スタートからは文字通りトップでそのまま逃げ切った。若いドライバーの今期初優勝でチームは一気に盛り上がるところだが、病院に運ばれたドライバーは重症だということで自粛し、ねぎらいの酒が振る舞われるだけになった。

「勝ちをもらったようなものですから、なんだか」

温《ぬる》くなった缶ビールを飲むでもなくもてあそびながら、

「――納得いきません」

前にも言ったような台詞を吐いた。宇佐見はふん、と鼻で笑ってから、「まあいいじゃねえか、結果を出したんだ」と一気にビールをあおった後、言った。

「次に繋がったんじゃねえか」

次。

喉をならしてビールを流し込んでいる宇佐見をちらりと見てから思った。この人だけにはきちんと話しておかなくてはいけない。病気のこと、体のこと、それから入院のこと。

――このレースが終わったら、しばらく入院していただくことになると思います。

「宇佐見さん」

「おう」

「一ヶ月、休みをいただきたいんですが」

不本意だった。なんて間の抜けた切り出し方だろう。気の抜けたビールを飲むでもなく持ったまま、私は宇佐見に病気のこと、入院のことを話した。聞き終わると宇佐見はしばらく黙った。それから温くなったビールを一気にごくごくと飲んで、まずそうな顔をした。そして飲み終わった缶ビールをぐしゃりと握り潰すと、黒い大きな手のひらで私の頭を鷲掴みしてぐらぐらと揺らした。

「――ひとりで抱えてんじゃねえ、このガキ」

酒臭い声でぼそりとそう言った。それから私の手から気の抜けた缶ビールを奪い取るとそれも一気に飲み干して、「ちゃんと治してから戻って来い。続きはそれからだ」と缶ビール二本で酔ったわけでもないのだろうが、私の肩に腕を回して熊のような体躯でもたれかかってきた。私は支えきれず宇佐見の体に潰されて壁の方によろめいた。それからくしゃくしゃになった頭で僅かに頷いた。本当は、私は不安でいっぱいだった。そんなこと口が裂けても誰にも言えなかったけれど。宇佐見にとても感謝した。まだ走りたいと思った。

次の日から入院生活が始まった。入院初日から色々な検査が始まった。色々な科をたらい回しにされた。私の体調は入院二日目から微熱が続いていて、手足が浮腫《むく》んだ朝は、昼過ぎ頃に必ず痛み出した。けれど毎日さして変化もなく一週間が過ぎていった。

大方の予想通り、入院生活は一日で嫌になった。

部屋は六人部屋ではなく個室だった。主治医の因幡は毎日夕方に必ず部屋を訪れた。得意の笑顔で、「様子はどうですか」と聞いてくるくせに診察らしいことは何も必ずスチールのいすに腰を下ろして、今日外来に来たおじいちゃんがどうしたとか、明日の自分の予定がどうとか一人で一通り喋って十五分ほどで、「じゃあまた明日」とやっぱり笑顔で帰っていく。白衣を着た白一色のピエロみたいだ。ピエロの顔は笑っているようにも泣いているようにも見える。いつも笑顔の因幡も時々、すごく疲れたような顔をする時があった。そんな時でも笑っている因幡はなんとなく痛々しく見えた。

入院をして、ちょうど一週間目に宇佐見が見舞いに来た。

「よう、調子はどうだ」

病院には場違いな小気味いい声を発しながら宇佐見は大股で部屋に入ってきた。私は宇佐見が入ってくる一瞬前に彼の来訪を知ることができた。宇佐見の服と体に染み付いた、病院の消毒臭さに勝るガソリンとオイルと排気ガスの匂いがしたからだ。にやりと笑う宇佐見の右手には、仏壇に供えるようなメロンだの、りんごだののたくさんの果物が盛られたかごが握られていた。

「個室なのか、贅沢だな」

色の悪い唇の片方をにっと上げて悪態をつくと、宇佐見は私の枕元に果物かごをドンと置いて、自分はスチールのいすにどかりと腰を下ろした。

「何だ、元気ねえんだな、まいってんのか、コラ」

そう言って、宇佐見はもう一度にやりと笑った。私も笑う。

「ええ、まいってます」

「冴えねえなあ、せっかくの長期休暇だってえのに」

細く開けた窓から五月の透明な風が流れ込む、病室の室温は外の気温より少し高いようで風は心地よかった。

「どうですか、チームの方は」

宇佐見は目を細めて窓の方を眺めながら、「どうだかなあ」と気の抜けた声を出した。

「新藤の奴がやっと調子を上げてきやがったからな。まあまあだ」と最後の方は欠伸《あくび》混じりにそう言った。

「楽しみですね」

「どうだかな、あいつはムラがあるからな」

そう言うと、宇佐見はポケットに両手を突っ込んだまま、よっと立ち上がった。そして窓辺に立った。その四角い肩のラインを見ながら私は思った。そう言いながらこの人は誰よりも新藤に期待している。宇佐見はそういう人だ。この人の周りにはなぜか若いドライバーやスタッフが多い。「お前ら鬱陶しいから寄ってくるな」と猫でも追い払うようにいつも邪険にしているが、その実寄ってくるのではなく、この人が呼んでいるのだ。宇佐見の背中を見ながら私は思わずくすりと笑った。首だけで宇佐見が振り返る。

「何だよ？」

「いいえ、別に」

私は笑ってごまかした。

「おかしな奴だな」

宇佐見はぼそりと呟くと、また窓の外を見た。四角い背中を丸めて両手をポケットに突っ込んだ横顔は少し不機嫌そうだった。ちゃらちゃらと小銭の音がするのは、ポケットの中で宇佐見がもてあそんでいるのだ。

「はるか」

「はい」

殺風景な窓の景色を見たまま宇佐見は私の名を呼んだ。けれどいつまで経っても次の言葉は出てこなかった。

「宇佐見さん？」

宇佐見の周りには陽射しに晒された白い埃の筋が浮いていた。

「いや」

内に籠った声だった。「何でもねえ」

そう言った後、宇佐見は細く開いていた窓をがらがらと開けて全開にした。

「今は何も考えないで養生してろ」

思ったより冷たい風が室内に入り込んでくる。

「安心して、俺にまかせろ」

よく日焼けした両腕を腰にあてて、窓の外に向かって宇佐見はだみ声を張った。

どういう意味か、宇佐見の言葉を計りかね、その四角い背中をじっと見る私の視線をかるくかわして、「そろそろ行くかな」と宇佐見はさっさとドアの方に歩き出した。

「え？　ちょっと」

私は慌てて、思わずベッドから飛び下りた。

「ちょっと待って下さい」

「おいおい、病人は病人らしくしてろよ」

ドアの前で振り返った宇佐見は少し顎を突き出して笑った。

「そこまで、一緒に行きます」

立ち上がった手前またずるずるとベッドに戻るのも収まりが悪く、私は宇佐見と並んで一階の受付ロビーまで歩くことにした。さっきの言葉が気になった。

——安心して、俺にまかせろ。

けれど宇佐見と肩を並べてエレベーターを降り、昼間でも薄暗い廊下を歩いて受付ロビーに至る頃になって宇佐見に問い質すまでもなく、私は思い当たり、納得した。

首を切られる、ということだ。

専属のテストドライバーを置いているだけでも贅沢な話だ。今年の四月、チームのドライバーから落とされたとき、解雇されなかっただけでも情状酌量だ。宇佐見の口添えもあったのだろう。でも今回は、長期休暇のテストドライバーなんか役に立たないトに意味がない。私は解雇されて当然だ。

久しぶりに吸った外の空気は悪くなく、五月の風も爽やかだったが浅い呼吸を繰り返す私の肺まではあまり届かなかった。

「俺にまかせてろって言っただろ、病人みてえな顔してんじゃねえ」

察して宇佐見は少し苛立ったような声を出した。多分、この人にまかせておけばまちがいないのだろう、私は宇佐見を信頼している。けれど今度ばかりは甘えるわけにはいかないと思った。宇佐見が動いてくれたからと言って病気が治るわけではない。

「ガキの癖によけいなこと考えるんじゃねえぞ」

宇佐見は凶悪な人相でそう言うと、私の頭を大きな手のひらでぐしゃぐしゃと掻き回しながら、「分かったか、コラ」と笑ってみせた。そうして私の好きなその同じ手をひらひらとさせながら、「また来るわ」と背中を丸めて駐車場の方に歩いて行った。

五月の風に葉桜がさわさわと揺れている、私はなんだか亡霊のように宇佐見を見送ったす、と周りの音と景色が遠のいた。私の内臓は腐っている。日毎夜毎、少しずつ腐敗臭もなく腐っていく。そのうち鼻をつく臭いもしてくるのかもしれない。私は薄皮一枚で辛うじて人の姿を保っている。私はもう走れないんだろうか。踵を返して薄暗いロビーに向かって私は再び亡霊のように歩き出した。


安っぽい音をぺたぺたとたてながら病室に戻る。さっきは気付かなかったけれど、ナースステーションのすぐ横の病室に、三井というネームプレートがあるのが目にとまった。集中治療室で面会謝絶になっている。私は息を呑んで立ち止まった。

三井建志。一週間前のレースでクラッシュした三台のドライバーの一人だ。重態だと聞いている、まだ若いドライバーだ。

私はひんやりとした金属の取っ手に手をかけると面会謝絶のその扉を細く開けてみた。

濃度の濃い、ねっとりと纏わりつくような嫌な風が私の肌を掠めていった。

私は恐る恐る足を踏み入れる。少し手が震えていた。目が慣れるのに数秒かかった。室内は昼間だというのに薄暗く、規則正しい耳障りな機械音と流れのない滞った空気で息苦しかった。その中に、たくさんのチューブに繋がれた三井が横たわっていた。

意識がないのはすぐに分かった。あの日、スターティンググリットに向かう三井の車のテールランプを見た。つい一週間前だった。一緒に走っていた。扉の前から一歩三井に近づくと、白いというよりも青い肌の三井の小さい顔が際立った。たとえば、物の道理を何も知らない人間に、さっきまで動いて歩いて喋っていた者が急に青い顔になって動かなくなったら、それをどうやって説明すればいいのだろう。生きているのに無機質というのは気味が悪かった、気味が悪い。

きっと、クラッシュして横転して跳ね飛ばされる瞬間にシートベルトで体は締め付けられ、内臓は破裂し筋肉と神経は一気に緊張のピークに達し、そしてぷつりと切れた。きっと薄い皮膚の内側は筋肉も内臓も神経もぐしゃぐしゃだ。あとはゆっくり腐っていくだけだ。生きながらに少しずつ腐っていく。少しずつ、ぐしゃりぐしゃりと潰れていくまだ温かい内臓。

気持ちが悪い。

胃液が咽喉の奥からせり上がってきた。吐き気がする。私は後ろ手で扉の取っ手を掴むと部屋を出た。左の足先にうずくような痛みが走った。

「はるかさん」

はっとして顔を上げると白衣を着た因幡が立っていた。なぜか右手にいつもの青色のペンを持っていた。

「珍しいですね、病室から出るなんて」

因幡は笑顔で近づいてきた。

「散歩ですか」と笑った後、「あれ」と小さく呟いて私の顔を覗き込んだ。

「顔色がよくない、気分でも悪いですか？」

私は咄嗟に下を向く。

「いえー違います」

下を向いたまま聞き取りにくい声でぼそりと言った。因幡は右手にペンを持ったまま少しの間私の顔をさらに覗き込むように見て、「それじゃあ」といきなり私の腕を取った。

「散歩ついでに屋上に出てみませんか」

言い終わらないうちに、私の腕を引っ張って廊下を歩き出した。

「はるかさん、屋上に出たことないでしょ」

振り返らずに喋る因幡の後ろから、「ちょっと待って下さい」と言いかけた私の背中に「先生」とナースステーションの横の廊下から看護師が高い声を上げた。振り返る私の腕を因幡はさらにぐいと引っ張って、そのままエレベーターに押し込んだ。

「危ないところだった」

エレベーターの扉が閉まると、因幡はふうと長い息をついた。それから私の顔を見て肩をすくめて、ちょっと困ったように笑った。

「今医局にね、内科部長が来てるんだ」

エレベーターが開き、因幡は私に先に降りるよう白いきれいな手を私の前に差し出した。そして言った。

「回診の時に見たことあるだろ？　赤い顔した声の高いおじさん」私は振り返って因幡を見た。

「いい人なんだけどね、話が長いんだ」

眉尻を下げて情けない顔して因幡はまた笑った。

「それで、書くものも取りあえず慌てて逃げ出してきたの？」

「うん」

子供の返事だ。

「あきれた」

とても医者とは思えない。

「嫌いじゃないんだけどさ、苦手な人っているだろ?」

青色のボールペンを右手でくるくると回しながら因幡はさらりとそう言った。いつもと変わらない涼しそうな因幡の顔を見ながら、私は思った。私のように斜《はす》に構える人間にとって、因幡のような真っ直ぐな人はまさに苦手な種類の人間だ。

屋上に設置された大きなタンクが、突然ぶうんと低いモーター音を唸らせ始めた。屋上には他に人はいない。向こうの方で干したシーツが白く光ってはためいている、眼下には川が横たわり川べりは葉桜の緑が濃く鬱蒼としている。川の対岸は町で白くけぶっていた。抜けるような晴天で、眼下の川も町もきらきらと光線を反射してきれいだった。

「二ヶ月前はね、桜がきれいだったんだ。川岸にびっしり咲いててさ」

タンクにもたれた因幡はまだ青いペンをいじっている。

「休みの日にね、槇村と二人でここで花見をしたんだ」

「ここで?」

「そう、穴場なんだ、ここ。知らなかっただろう?」

因幡は得意げにそう言った。

「あ、でもこれ内緒だよ。婦長さんに知れたら、また怒られる」

また、というところが可笑しかった。

「怒りっぽいんだ、あの人」と笑って、ちょっと長めの前髪を掻きあげた。

「いい人なんだけどね、すぐ怒る」

まるで中学生の言い草だ。

「はるかさん、怒られたことない？」

怒られたことなんかない、と真面目に答える自分がなんだか馬鹿みたいに思えてくる。

「見かけによらず真面目なんだね、就寝時間とかちゃんと守ってるの？」

医者の台詞ではない。あきれて思わず私は聞き質した。

「あなた、ほんとにお医者さんなの？」

「医者だよ」

因幡は涼しい顔でそう答えた。

「どっから見ても医者だろ？」

「白衣を着てなかったら、とてもお医者さんには見えないわ」

「はるかちゃんだって走ってるとこ見てなかったら、カーレーサーなんかには全然見えないぜ」

言い返された。それはよく言われることだけれど。

私の顔色を見て因幡は見透かしたように言った。

「女の子なんだからそんなことしちゃ駄目だって、今までさんざん言われてきたんだろうな」

全くその通りだった。ただし私は女の子ではないけれど。

「はるかちゃんの武勇伝は色々知ってるんだぜ」

五月の風にのって因幡の声は屋上に弾むように響いた。何のことだかさっぱり分からなかった。

「入院する時にね、その人の病歴とか入院歴とか調べるんだ」

タンクの日陰でくつろぎながら、「病院が違っててもすぐに分かるんだぜ」と因幡は目を細めて笑った。医者とか病院なんてみんなどこかで繋がっているということだ。

「はるかちゃん、左足骨折して手術したことあるでしょ」

「それはレースでやったんじゃないわ」

まだサーキットを走るようになる前に交通事故を起こしたのだ。私はレース中のクラッシュで怪我をしたことはあっても入院したことも手術したこともない。

「それにしたって、全治三ヶ月は大怪我だぜ」

そんなこと、いまさら目の前の医者に言われなくてもよく分かっている。因幡は屋上の風に気持ちよさそうに体を晒しながら笑った。

「あんまり無茶しちゃ駄目だぜ。女の子なんだから」

それから風の吹く方に顔を向けて、「いい風が吹くな」と独り言のように言った。本当に穏やかな風だ。私も風の吹く方を向いた。肩までの髪が耳の後ろでさわさわとなびいて心地よかった。

「午後から、また眠くなりそうだな」

風にはためく因幡の白衣は日陰に遮られてグレイに見えた。青いペンを握っている長い手は透けるように白く青い血管が浮いて見える。

「お医者さんって暇なのね」

はためくグレイの白衣を見ながら言った。

「そんなことないぜ。午後からは会議があるし、その資料だってまだ作ってない」

「こんな所でさぼってるくせに?」

見かけによらず、とんでもない不良医師だ。

「手厳しいな、でもさぼってるわけじゃないよ」

勤務時間中にこんな所でこんなにくつろいでいて、さぼってないわけがない。

「ここ、いいだろ？　ここに来ると落ち着くんだ」

因幡は白衣のポケットに両手を突っ込んで、私を見て言った。

「屋上から川が見えるのはこの棟だけなんだぜ。癒されるだろ」

眼下の川のせせらぎは春の光線にいちいち反射して、きらきらと煌《きらめ》いている。また風が吹いた。

「はるかちゃんもここ、使っていいぜ」

そう言って因幡はふっと笑った。五月の風で因幡のちょっと長めの前髪がふわりと持ち上がった。因幡は横を向いて髪を掻きあげる。私をここに連れてきたのはどういうつもりだろう。遠くの白くけぶる町を見た。抜けるような青空と重なってくらくらしてくる。

「戻ろうか、はるかさん」

因幡が穏やかに言った。涼しそうに笑っている。この人は基本の顔が笑っているのだ。

エレベーターに向かう因幡を見ながらそう思った。

「いいかい、屋上に上がったこと、婦長さんには内緒だよ」

「さぼってたのがばれるものね」

「そうじゃないよ」

狭いエレベーターの箱の中は少しだけ湿気臭い。

「ここの屋上だけ本当は立入禁止なんだ。入院するとき、注意されなかったかい？」

そういえば屋上には他に人はいなかった。

「ばれたらもう、花見もできなくなる」

あきれた。

扉が開き、二階のフロアに降りながら因幡の顔を仰ぎ見たとき、「先生」と甲高い声が飛んできた。

「どこにいらしてたんですか、内科部長がお捜しでしたよ」

小柄な、顔の小さい看護師が廊下を歩いてくるところだった。

「あ、すみません、ちょっと急用で」

下手なうそだ。笑いをこらえる私の横で、「それじゃあ、はるかさん、また後で」と因幡は余裕の笑顔を見せて看護師と一緒に医局の方に歩いて行った。右手には相変わらず青いペンが握られていて私は因幡の姿が消えるまでそれを見ていた。

「また後で」と言った因幡の言葉通り、その日の夕方、主治医に呼び出された私はいつもの診察室に行った。検査結果が出たとのことだった。夕方の診察室は、あの日と同じで強い西日がいっぱいに溢れていた。因幡の顔は午前中に見た時より少しだけ疲れているように見えた。会議はうまくいったのだろうか、ちょっとだけ気になった。因幡は机の前のホワイトボードに何枚ものレントゲンの写真を差込みながら、「今日は午後からは何をしてたの？」と普通に聞いた。

「別に」

別に何もすることはない、ずっとベッドの上で過ごしていただけだ。

「会議の方はね、大変だったよ。睡魔との戦いだった」

私が笑うと因幡も笑った。まるで学生みたいなことを言う。さっき疲れているように見えたのは目のふちが赤くなって眠そうなだけだった。

因幡は丸いすを少しだけ、きいといわせて私の方に向き直ると、「検査結果をお話しします」と改めてやっと主治医らしいことを言った。そしていつもと全く変わらない喋り方で結果の数値やレントゲンを指し示しながら一通り簡単に説明した。その後で、「僕は手術をしない方向で治療をしていきたいと思っています」と丁寧に発音してにっこり笑った。

「僕は手術があまり好きではありません」

そう言って、因幡は形のいい額に皺を寄せた。

「手術をすれば多少ですが跡が残るし、体力的にも消耗します。はるかさんも手術は嫌いでしょ？」

因幡の白い手には銀色の繊細な手術用の器具はよく似合うだろうと、ぼんやりと私は不謹慎なことを考えていた。

その時、差込む西日で溢れかえっている診察室の扉がガチャリと開けられた。白衣の袖を肘まで捲り上げた背の高い日焼けした男が、「やあ」とよくとおる声をかけて入ってきた。

「遅かったな」

ちらりと扉の方に目をやると因幡はぼそりとそう言った。

「手術が長引いたのか？」

「まあ、そんなとこだ」

男はずかずかと入ってくると、因幡と私の横の診察用の簡易ベッドに腰を下ろして高く足を組んだ。因幡はその様子を横目で見ながら、「こちら、外科の槇村先生」と私に紹介した。

「前に話しただろ、君の大ファンなんだ」

「おい、お前、何喋ったんだよ」

あからさまに動揺する槇村をまるで無視して、「一応、手術は外科的な処方だからね、外科医の槇村先生の見解をあおごうと思ってお呼びしたんだ」と因幡は馬鹿ていねいに説明した。槙村は横目で因幡をかるく睨むと、コホンとひとつ乾いた咳払いをしてから真面目な顔で私を見た。

「こいつから相談されましてね、検査結果見させてもらいました」

「まあ」と曖昧な言葉をもらしてから槙村は両腕を胸の前で組んだ。

「現状、治療方法はいくつかあります。でもまあ今の段階では手術には時期尚早でしょう。俺とこいつ、いや主治医の見解は同じです」

隣で因幡は小さく頷くと後を受けた。

「どうです、はるかさん、投薬治療の方針で進めてもいいですか?」

頷く前に因幡が先にもう一言付け加えた。

「ただし、投薬治療の場合、入院は長引きます。二ヶ月から三ヶ月は必要ですよ」

——それはだめだ。

見るからに顔を曇らせた私に、「仕方ないよ、はるかちゃん」と槙村は組んだ両腕を解いて長身を少しだけ丸めた。

「きっちり体治してからそれからまた走ればいい、まだまだ若いんだから大丈夫だよ」

槙村は快活に言った。

私は因幡を見た。屋上で見たときよりもやっぱり疲れているように見えた。最後の西日は、そこにいる因幡と槇村と私の間に染み込むように滑り込んでくる。

宇佐見の顔が浮かんだ。

――走っても走っても納得はいかねえだろうがな。

納得なんていかない、全然いかない。

下唇を噛んで私は俯いた。

まだ走れると、この時の私はそれでもまだ思っていた。空《くう》を掴むように一縷の望みをその両手に、私は確かに握り締めていた。


それからきっちり二ヶ月私は病院のベッドで過ごした。窓から射し込む朝日の位置が日を追うごとに変わっていった。そんな僅かな変化さえ気付いてしまうほど、私の生活は規則正しく単調だった。その間、宇佐見が二度顔を出した。三戦四戦と新藤の調子がすこぶる良かったのはスポーツ紙を見て知っていたが、それについては宇佐見は何も言わなかった。病状は目に見えて良くなっていったわけでもなく、元々それほど自覚症状もなかったのだから、本当に毎日変わりばえなく過ぎていった。

七月の終わり、因幡から退院許可が出た。その一週間前に宇佐見の三度目の見舞いで、私はチームを解雇されたと告げられた。退院の日、二ヶ月ちょっとで溜まった身の回りの物を整理して看護師に礼を言うと、私は一人で病院を出た。午前中で、因幡は外来の診察中のため不在だった。

昨日の夕方、西日のあたる診察室で、「退院おめでとう」と、ふかふかのタオルケットのような声で因幡は言った。夕方の診察室には珍しく、カーテンのすぐそばには看護師が立っていた。退院の諸手続きがあるのかもしれない。

「退院しても当分の間は週に一度、必ず来てくださいね」

因幡は右手に青色のペンを持ったまま言った。その時、カーテンの向こうでふわりと人の動く気配がした。看護師がふっとカーテンの向こう側に消えた。その僅かの間に、因幡はすっと私の右手を取ると私の手のひらごと包み込むように小さな紙切れをそっと私の手に握らせた。

「何かあったら連絡してください」

そう言って因幡はふっと笑った。手元に目を落とすと紙切れには携帯の番号が青色のインクで書いてあった。顔を上げて因幡を見る。因幡はまた心地よいタオルケットのように笑った。ふかふかのタオルケットの匂いは安心する。包《くる》まると猫になったような気分になる。猫は「にゃあ」と甘い声を出す代わりに、警戒と怯えと甘さと媚びの混ざったガラス玉のような目で男を見た。

「体のことで不安があったら、いつでも電話してください。どうせ病院には電話しにくいんだろう？」

因幡はいとも簡単に言った。「また走るんだろ、はるかさん」と。指に力が入り手元の紙切れはかさりと微かな音をたてた。

「左の膝も気になります」

「え？」

「左の膝、はるかさん痛めてるでしょ？　歩くとき庇ってる」

半分開いた窓から、夏の鬱蒼とした風が診察室の西日で染まった空気を掻き混ぜる。

「僕は内科だけど、相談にならのれると思うから」

カーテンの向こうで看護師の話し声が聞こえた。

「無理は絶対によくないけど、はるかさん、前科があるからね。何かあったら絶対電話してください」

よっぽど心配だったのか、私に信用がなかったのか、因幡は何度も何度もそう言った。看護師が戻ってくると、「それじゃあ、退院後も気を抜かず規則正しい生活をしてください」と最後は背筋を伸ばしてえらそうに言った。そしてその後、また、ふっと笑った。

私は大きな荷物を引きずるように持ちながら川辺を歩いていた。温《ぬる》い風が無造作にのびた私の髪を持ち上げていく。私の頭の中は可笑しいくらい空っぽだった。そのくせ体と荷物は水を含んだ綿のように重い。

立ち止まると、私は滞ったような水の流れに目を落とした。ひとりでいると、いろいろな声が聞こえてくる。昔からだった。聞きたくない、腐った内臓から触手が伸びてくる。黙れ消えろと手を振り回しても付かず離れず、そいつらはいつでもそこにいる。私は狂っている。私は狂っている。私という人間は本当はとうの昔に死んでしまっていて、この手に持っている紙袋には、私の腐った内臓が詰まっている。いつまでこんなことが続くのだろうか。虚無感でいっぱいだった。川べりを、両手に紙袋を引きずるように持ちながら私は虚ろに帰路についた。

手を伸ばした、ぽたり。体の内側を巡っている無数の管の中を流れる液体、ぽたり。皮膚を破って外部に出たら途端に凝固してしまう厭らしい色の液体。ぽたり。そんなものは怖くない。引き千切ってやりたい衝動を抑えられない。青い色の管は静脈。一思いに終わらせたいから太い管の動脈を狙う、手を伸ばす。

目が覚めた。自分の家のベッドの上だ。玉のような寝汗をかいている。仰向けになったまま枕元の時計を見た。頭を少しだけ傾けた瞬間、涙の筋がひとつこめかみをつたってシーツに落ちた。四時だった。昼か夜か分からない、どっちでもいい。手を突いて上半身だけ体を起こす。途端に物凄い眩暈に襲われる。そういえば昨日は病院へ行く日だったような気がする。今日だったたか、もう、しばらく処方された薬を飲んでいない。私はふらふらと立ち上がるとカーテンを開けた。強い陽射しに弱った網膜が収縮して痛い。これは西日だ。夏の西日は一層きつい。盆も明け季節は夏の終わりになっていた。

私の生活は最初、一週間に一度の病院と家との往復のみだった、因幡は変わらず優しかった。家に帰り、決まった時間に決められた薬を決められた量だけ飲む。やがて数が数えられなくなった。今日が何日なのか分からない。宇佐見から何度も電話があったが取らなかった。あんなに世話になったくせに鬱陶しいとさえ思った。そして声が聞こえてくるようになった。いろんな声があった。嫌なことばかり言う。起きている時はたいてい、点いていないテレビの前に座って携帯をいじっていた。足元にはもうくしゃくしゃになった小さな紙切れが枯葉のように落ちていた。瘢痕があちこちにできた腕を伸ばして枯葉を掴んで引き寄せる。かさりと乾いた音がした。

——何かあったら電話してください。

心地よいタオルケットのような声で因幡はそう言った。因幡の白い手が頭の中で翻っては閃いて、同じシーンが何度も何度も反復された。あの屋上からは川のせせらぎが、目が痛いほどの煌きとなって五月の太陽光を反射していた。眼球の裏側が白い光でいっぱいになって、頭の中がくらくらとしてくる。

だから私が因幡に電話したのは夏の余韻も完全に消えた頃で、季節は秋も中秋を過ぎた九月の中旬のことだった。

因幡はすぐに電話に出た。病院だと言ったような気がした。頭がうまく働かない。時間は多分、夕方を過ぎてまだ早い夜が始まったばかりだった。夜勤だろうか、と思いながら、「何してるの」と、くだらない質問を口にしかけたとき、電話口から因幡の声がした。

「駄目じゃないか、はるか、どうして病院に来ないんだ」

いきなり説教された。声の勢いで分かる。怒っている。けれど怒っている因幡の顔は思い浮かべることができなかった。

「怒ってるの?」

私の間抜けな質問に、「怒ってないよ」と否定したものの因幡はやはり因幡にしては強い口調で続けて言った。

「薬はちゃんと飲んでるの、はるか、今どこにいるんだ、具合は悪くないか」

やっぱり怒っている。それにそんなに一気に聞かれても答えられない。私は携帯を握り締めたまま電話口にもかかわらず黙り込んでしまった。

「はるか？」

何度目かの呼びかけに、私はようやく返事をした。

「変わりはないの？　顔を見せないから心配してたんだ」

声はいつもの調子に戻っていた。

「変わりは、ないわ」

私は不明瞭な声で、やっとそれだけ言った。そう言えば因幡の声を聞くのは随分と久しぶりだった。最後に会ったのはいつだったろう。

「何してるの？」

電話口で因幡が言った。

「――別に、何も」

何もしていない、ずっと。今日が何日なのかも知らない。さっきから気になっていた因幡は病院にいると言った。その割に携帯が繋がるのはどういうことだろう、そうたずねると、因幡は、「もう帰るところだから」と質問の答えにはなっていないことを言った。

「そう言えばこの間、そこの川原で花火大会があっただろ」

因幡は思い出したように急に話し出した。口角を上げて目尻に笑いじわを作りながら、いつもの笑顔で話している。見なくても分かる。

「見に行ったかい？」

そんなことがあったことさえ知らなかった。

「あの屋上から槇村と見たんだ。音もでかくてあそこからだとよく見えるんだ」

「穴場だから」と因幡は自慢そうに言った。可笑しかった。

「はるかは花火、好きじゃない？」

心地よい、タオルケットのような声だ。

「花火は、好きよ」

腹に響く音とすぐに消えてしまうのがいい。

「じゃあ、誘えばよかったな。あそこからだと花火も音もすごいでかいんだ。人もいないし涼しいしさ」

やっぱり屋上でさぼってるんじゃないかと思った。

「病院の屋上でなかったら見に行きたかった」

私は立ち上がってベランダの窓を細く開けた。ベランダには小さなサボテンの鉢植えがある。微かに入り込む夜の風に、小さな緑色のサボテンはひっそりと息づいている。人と話すのは随分久しぶりだ。

「はるかは、本当に病院が嫌いなんだな」

顔にあたる僅かに動く夜の風と因幡の声は心地よく、私の耳によく馴染んだ。

「病院が好きだって奴もあんまりいないけど、はるかみたいに毛嫌いしてる人もそういないぜ」

そうだろうか。

「私は医者も病院も白い手も嫌い」

「白い手？」

因幡がていねいに聞き返した。

「白くてきれいな手は嘘っぽくて嫌い」

「嘘っぽいか、信用ないんだな」

「はは」と因幡はなんだか情けない声で笑った。私は汚れて堅くてささくれ立った手が好きだ。宇佐見やチームのクルーの手だ。安心する、信用できる。私は自分の手のひらを見た。もう何ヶ月もサーキットを離れている自分の手でさえ未だにオイルの臭いがする。チームを解雇されたっておそらく一生消えることはない。

「そうだね」

因幡の声が言った。

「確かに医者の手は消毒臭くていけない」

別に責めているわけではないのに、言い訳でもするように因幡は多分困った顔をした。

「診察中にね、子供が泣くんだ、消毒の臭いで」

電話口で、因幡は形のいい眉をハの字に歪めているのだろう。

「子供が泣いたら、因幡先生はどうするの？」

電話を左手から右手に持ち替えたとき、右手の中指が携帯にあたって鈍い痛みがあった。私は右手を自分の目の高さまで持ち上げて、赤黒く不恰好に腫れた第一関節をぼんやり眺めた。

「子供はね、気が済むまで泣いたらだいたい泣き止むんだ」

電話口からは因幡の穏やかな声が聞こえてくる。

「だからね、辛抱強く待たなければ駄目なんだ。泣いてる子供はなだめても叱っても何をやっても駄目なんだ。結構大変なんだぜ」

それは大変だろう。泣いている子供の前で、困った顔でじっと泣き止むのを待っている因幡は容易に想像できて可笑しかった。

「笑うことないじゃないか」

電話口で因幡がつっかかる、けれど言葉とは逆にちっとも責めている感じがしない。

「子供だからって子供扱いすると怒るんだぜ、あいつら、かわいいけどな」

そう言うと、因幡も笑った。そうして笑い収まる頃に、「はるか、今どこにいるの？」と因幡はぽんと私に言葉を投げた。振り出しに戻ったと思った。電話をかけたとき、因幡が最初に聞いてきたことだった。

「家にいる」と短く言った私に、「じゃあ行くよ、どうせ暇なんだろ」と因幡はさらりとそう言ってから電話を切った。

——受付で次の予約をして帰ってください。

帰りがけににっこり笑ってそう言われているみたいだった。

その後、八時過ぎに黒い大きなかばんとなぜか白ワインを持って因幡は本当に家に来た。そして私たちはワインを飲んでその夜、セックスをした。

腕時計のアラームで目を覚ました。覚えのない音のはずなのに聞き慣れた音だと思った。時計のアラームはどれも似ているのだ。ベッドにうつ伏せになったまま薄く目を開く、狭いキッチンの小さなテーブルの横に長身の因幡が立っている。白いYシャツが眩しかった。因幡は、腕時計のアラームをすばやく切ると首だけ僅かに動かして私の方を見た。

「おはよう、はるか」

コーヒーの香りが心地よかった、咽喉の奥がざらざらとして声が出なかったのでまた目を閉じた。

因幡がベッドのそばまで歩いてくる。足音がしない、でも気配で分かる。

「はるか、今日は必ず来なくちゃ駄目だよ」

ベッドの端に腰を下ろしながら、「分かったかい」とシーツの中でまだ丸くなっている私に念を押した。猫のように丸くなって鼻の頭までひっぱり上げているタオルケットからこぼれる私の細い髪の毛を撫でながら、「じゃあ、俺は行くね」と、おそらく因幡は口角を上げて言った。微かに消毒の匂いが鼻をつく。ゆっくりと目を開ける。因幡の指が私の髪の毛を滑って首の後ろから薄い肩のラインを通って腹の上に伸びる。私は顔にかかる長い前髪をはらうこともせず、じっと動かずに小動物のような目で因幡を見上げた。浅く呼吸をする私の肩だけが小さく上下に動いていた。

やがて因幡は、すっと私の体から手を離すと立ち上がった。それからいすの背にかけてあったネクタイを手に取って、するすると首にまきながら窓の方に歩いていった。声だけがする。

「昼過ぎに来れば空いてるからね」

そう言って窓の方から姿を現した時には黒い大きな鞄を持っていた。

「ベランダは少し開けておくよ」

そしてふっと一瞬表情を止めて、「はるか、必ず病院に来るんだよ」と三度念を押してから出て行った。扉がゆっくりとガシャンと閉まる音をベッドの中から聞いた。

部屋の中は快晴を思わせる朝日の、白い真っ直ぐな光線とベランダから滑り込む透明な風と、因幡の淹れたコーヒーの香りでいっぱいだった。手を突いてベッドの上に体を起こす。す、と一筋水のような涙が流れた。けれど涙の水はシーツの上に落ちる前に頬を伝う途中で消えてなくなってしまった。なぜ泣くのか昔は分からなかった。けれど今は分かる。人並みに寂しいと思っているのだ。人間じゃないくせに時々私は人の振りをする。人間嫌いのくせに人肌を心地よく思う。コミュニケーションがとれないくせにセックスはする。右手の中指に疼くような痛みがあった。

その日の午後、私は因幡の言った通り病院に行った。今朝までは行くつもりはなかったのだけれど、どうして行く気になったのか自分でもよく分からない。けれど急患だとか急用とかで因幡は不在だった。二人いるはずの内科医がひとりしかいなかったため、昼過ぎに行ったにもかかわらず随分と待たされた。その時には指の痛みはひいていたので薬だけ貰って帰った。

病院を出た時は三時になっていた。午前中に吹いていた涼しい風はぴたりと止んでいてその代わりのように蝉の声が辺りを満たしていた。

車に乗り込むと、私は実に三ヶ月ぶりにサーキットへと向かった。解雇されてからは一度も顔を出していない。頻繁にかかってくる宇佐見の電話は相変わらず無視し続けていた。何をどっから話せばいいのかよく分からなかったが、会って詫びたいと思った。

チームの調子は好調だと聞いている。ファーストドライバーの新藤は四戦終わってポイント二位につけ、チームも活気付き宇佐見のだみ声にもますます張りが出ていることだろう。平日の閑散とした駐車場に降り立つと、私はピットには向かわず観客席の方に回って、コースの外側からホームストレート越しに十三番ピットを見た。数台の車が腹に響くエンジン音を轟かせながら第一コーナーへと消えていく。路面の温度は上がり、コーナーの先にはゆらゆらと陽炎が立ちのぼっていた。

十三番ピットは喧騒の只中だった。たくさんのワークスが汗と熱さに顔をしかめながら機能的に立ち回っている。宇佐見もいた。聞き慣れただみ声がコースを挟んだこちら側まで聞こえてくる。

最終コーナーから立ち上がってきた車が、また一台ホームストレートから第一コーナーに消えていった。後にはミルクの焼けたような甘い匂いが残った。先ほどから、私の視点はホームストレートの路面の中空で止まったまま動かなかった。この気候にもかかわらず私の背筋にぞくりと冷たいものが一瞬走った。そして私は意識した。

私はもう走れないと。

その時はっきりと確認した。真夏のような狂った陽射しのせいで、私の息は止まりそうなほど浅かった。帰りたい、帰りたい。帰りたい場所に帰れない。声がする、こんなことは前にもあったじゃないかと。血がいっぱい流れたから、だからもう家には帰れない。私は慣れている。そのうち私の腐った内臓は私の皮膚を溶かし破ってどろりと外に流れ落ちる。そうすればもう私の内側も外側もない、どろどろとした肉片が残るだけだ。私はもういない。私はもういない。

高く昇った太陽の、自分の足元にへばりついた短い影に目を落とす。私ははねられた。コースに背を向けて私は焦点の定まらぬまま呆然と歩き出した。宇佐見には会うことはできなかった。

その日の夜、因幡から電話があった。今日、外来の診察室にいなかったことを何度も詫びていた。そんなことは全然構わないと言った。今晩は夜勤だから、夜勤明けの明日の朝、家に来ると言った。夜中から雨が降り出していた。雨は朝になってもやまず、九時をちょっと過ぎた頃、ビニール傘と黒い大きな鞄となぜか銀色の桃の缶詰を持った因幡が、私の家の玄関先に立っていた。

「おはよう、はるか」

雨にも負けず、因幡は爽やかに笑った。私は今さっき起きたばかりで、働かない頭でぼおっと因幡の顔を見た。

「寝てたんだろ」

傘を玄関に立てかけてシャツの袖を肘まで上げながら、「朝メシ一緒に食べよう」と因幡は言った。私は玄関口に突っ立ったまま、「朝は食べない」とロボットのように答えた。因幡は笑って、「俺も」と短く言ってからキッチンに向かい、桃カンを開け皿によそってテーブルの上に置いた。向かい合って座って、なぜかフォークを刺して二人で食べた。缶詰の桃は冷たくて甘くて美味しかった。

私の家の狭いキッチンに因幡が立ってコーヒーを淹れている。いすに腰掛けてその背中を眺めながら、どんな場所にでもすぐに馴染む人だと思った。雨の音を聞きながら二人でコーヒーを飲んだ。

それから三日に一度、夜勤明けの朝は因幡は必ず桃カンを持ってやって来た。桃カンは時々、焼きたてのクロワッサンやドーナツになった。季節が秋になり、秋から冬に変わる頃、私の狭い部屋には因幡の私物が色々増えていた。

「一緒に暮らそうか、はるか」

十一月の終わり、因幡がぽつりとそう言った。けれど一緒に暮らす間もなく私の体の容態は急変し再入院することになった。

意識がなかったらしい。夜中に目を覚ますと、左のつま先に疼くような痛みがあった。痛みで目を覚ましたのかもしれない。もうすぐ十二月だというのに寝汗をぐっしょりかいていた。隣に寝ていた因幡を起こそうとしたとき、下腹に激痛が走った。体をくの字に曲げたまま痛みで声が出なかった。すぐに目を覚ました因幡の的確な処置で私は迅速に病院に運ばれた。途切れ途切れの意識の中で、因幡が何度も私の名を呼んでいたのを覚えている。救急病棟の堅いベッドに移されて腕にチューブが繋がれ周りが騒がしくなった。入れ替わり立ち替わり大勢の顔が私の方を覗き込んでいた。

三日後、私は目を覚ました。ゆっくりと浮上するようにではなく、幕がさっと引かれるように突然目を覚ました。夢の中の白い霧は払拭されて、病室の白けた蛍光灯の空間があった。規則正しい枕元の機械音とざらざらした舌の感触、背中に感じる堅いベッド、外の廊下から足音が近づいて来ていた。足音で分かる。私は首だけ動かしてクリーム色の扉をじっと見た。少し重たい扉は無音でスライドした。白衣を着た因幡が立っていた。

懐かしい因幡。

私は開けられた扉の前に立った因幡をじっと見た。因幡は私を見て驚いたように息を吸い込み、潤んだ目を震わせてゆっくりと入ってきた。そしてベッドの横のひとつきりのスチールのいすをひき、腰を下ろした。因幡にしては全体的に緩慢な動きだった。いすに腰をかけた因幡は笑わず、表情を変えなかった。

「気が付いたんだね、はるか」

声はいつもの穏やかな因幡の声で、私は少しだけ安心した。

「三日前にここに来たんだよ、覚えてるかい？」

私は瞼だけで頷いた。私はじっと因幡の顔を見たまま目が離せなかった。驚いた。因幡の顔は憔悴しきっていた。目の下には黒い隈ができて、少し伸びすぎた髪はぼさぼさで、背中は丸く長い両腕はだらりと力なくぶら下がっている。その姿勢はまるで因幡らしくない。

「痛みは、今はないだろ」

因幡は静かに口元だけを動かして喋った。蛍光灯の白けた光は白衣の白を際立たせ、逆に因幡の皮膚を黄色く映して、そのせいで彼の姿はますます痛々しく見えた。しばらく黙った後、因幡は重たい口を開いた。

「大事な話を、しなくちゃいけない」

そしてまた黙った。私は首を少しだけ傾けた姿勢のままじっと待った。

「手術をね、することになると思う」

因幡はゆっくりとそう言った。私はベッドの端の少し黄ばんだ手すりを見た。

「それでいい」

もう手術を避ける理由はない。焦って戻る場所などないのだから。

「三日前に下腹が痛かっただろ」

抑揚のない声で因幡は続けた。

「あれは、炎症を起こしていたんだ。子宮に」

子宮――。

「今は薬で抑えているけど」

因幡は私から視線を外して下を向いて言った。

「切らないといけない」

朝ももう遅い時間で、けれど気温はあまり上がらず外は息が白くなるような寒さだったが、室内は暖房が効きすぎていて充満した空気が滞り循環していた。下を向いてしまった因幡の顔にはぼさぼさの前髪がかかり、見上げる私の視点からも因幡の顔はよく見えなかった。因幡が視線を外して話をするのは珍しい。真っ直ぐに私の目を見て話す因幡しか私は知らない。それほど言いにくかったのだろう、因幡にとっては。でも、私は——。

「分かったわ、りょう。手術する」

私はそれで構わないのに、とても辛そうな顔をする因幡を見ているほうが辛かった。

「はるか」

前髪の隙間から声がする、けれど後が続かない。

子供、のことだろう。子宮を切ってしまったら妊娠ができない。私は一応、独身の女、なのだ。けれど私は、子供など産むつもりはない。自分と同じ血と肉を持った人間なんてぞっとする。生きながらにすでに腐敗臭のするこの血と肉からは何も生まれない。

けれど因幡は、優しい因幡は泣いていた。まなざしの暗い大きな目の中で、涙の玉はみるみる膨らんで目の淵を少しだけ濡らした。

「ごめん、はるか」

因幡は一度だけ咽喉を詰めるように嗚咽した。肩が微かに震えている。因幡が泣いている。この人はどうして謝って、泣いているんだろう。

「りょうのせいじゃないから」

だから、元気を出して、私はそう言いたかった。けれど子供じみていて間抜けなような気がして言えなかった。でも、それは因幡に伝わったようで因幡はやっと顔を上げて目だけで笑った。

「手術はりょうがするの？」

因幡は微かに首を横に振った。

「俺は内科だから」

泣いたせいで声が掠れていた。

「一度、君のカルテを診ているから多分、槇村が執刀することになると思う」

「あの背の高い先生？」

「うん」

どうやら因幡は顔にかかったぼさぼさの髪を掻きあげる気がないらしい。私は少し伸びすぎた因幡の前髪が気になった。

「はるか」

因幡がぽつりと名を呼んだ。囁《ささや》くような声だった。私は首だけ傾けて因幡を見上げる。因幡はしばらくじっと私の顔を見た後、視線を外して下を向き、「いや、何でもない」とぼそりと言った。そして立ち上がり、「また来るよ」と薄く笑った。笑うとよけいに痛々しい。私は多分困った顔のまま、出て行く因幡を見送った。因幡が言いかけてやめたその言葉の続きを聞いたのは、その日の夜のことだった。

お昼過ぎ、因幡は槇村を伴って再び病室を訪れた。手術は来週に決まったということだ。槇村から今の体の状態と手術の説明があった。槇村は本当に詳細に説明をした。槇村が熱心に喋っている間、因幡は部屋の端っこで壁に凭れてほとんど何も喋らず、槇村と私とそれから時々窓の外を見ていた。

「安心して任せてもらって大丈夫です」

最後に槇村は平たい胸をふくらませて自信満々にそう言った後、腕をぬっとつき出した。その腕を握り返して、「よろしくお願いします」と私は言った。それから因幡を見た。因幡は疲れた顔というより、なんだか焦点の定まらぬ人形のような顔で私と槇村を見ていた。

その夜、就寝時間ぎりぎりに因幡は三度《みたび》病室を訪れた。見回りに来た看護師に、「すぐに済むから」と声をかけてからスチールのいすに腰かけた。

「今日は夜勤じゃないでしょ?」

少し小さめの声で私は言った。夜になると、入院病棟は本当に静かになる。僅かな音でも物凄く反響するような気がしたのだ。

「代わってもらったんだ」

因幡の声もいつもより少しだけ低い。

「退屈だろ、いるものがあったら持ってくるよ」

疲れた顔に長い前髪がかかって影になる。「別にないからいい」と私は短く言った。窓の外は夜の闇で、そして扉の向こうの廊下も薄暗くぼんやりと非常灯が灯っているだけの昼間とは違う景色なのだろう。闇の中に孤立する四角い空間はなんだかとても不安定な気がした。

「――はるか」

四角い箱の中で声が鳴る。けれどやっぱりその後が続かない。首を少しだけ傾けて昼間と同じ姿勢のまま私はじっと待った。

「――いいのか、はるか」

搾り出すように因幡はようやくそう言った。とても辛そうな顔をしていた。

「手術のこと？」

因幡は答えずじっと私を見た。

「それが一番いい方法だって、昼間、槇村先生も言ってたでしょ」

私は少しだけ口角を上げて言った。なんだかいつもと逆だと思った。因幡が黙って私が笑っている。私は頭を反転させてクリーム色のくたびれたカーテンを見た。

「はるか」

因幡はまた呼んだ。私は返事をしなかった。カーテンの一点をじっと見ながら、振り向いた時もし泣いていたら口を利くまいと思った。

「結婚しないか、はるか」

因幡は不意にそう言った。私は振り返って因幡を見た。因幡は泣いても笑ってもいなかった。言うべき言葉はすべて夜の闇に溶けてしまったように、私の体の中から人間の言葉は失われ、代わりに夜の闇が体中に広がっていた。

「返事はよく考えてからでいいよ」

因幡は口元だけでやっと僅かに笑った。それからゆるゆると立ち上がると、いつもより少しだけ低い声で、「おやすみ」と言っていすを引いた。立ち上がった因幡の姿は夏の日のゆらゆらと揺れるサーキットの陽炎を思い出させた。

「りょう」

その陽炎を掴もうとするように、ぎゅっとシーツを握り締めて、私は因幡の背中を呼び止めた。この時の私は必死だった。私の方に疲れた顔で振り返る因幡に、私はいつもより低いけれどはっきりとした声で言った。結婚はできないと。因幡ならもう分かっているはずだ。私は結婚なんかできない、自分ひとりだけでもこんなに情けない気持ちを毎日持て余しているというのに人となんて生活できない。私はぎりぎりだった。ぎりぎりのところで危うい均衡の中で息をしていた。いつ切れてもおかしくない、そんな余裕なんてない、全部知ってて知らない振りをするのは、ずるい。

「俺ははるかと結婚したいんだ」

恐ろしいくらい優しい声で因幡はもう一度そう言った。目の縁が熱くなってくるのを感じながら、私はただ子供のように同じ言葉を繰り返した。結婚はできないと。

「俺が好きじゃない？」

そうじゃない、全然そうじゃない。お前はその程度の人間だ、私は腐っている、私は狂っている、狂人の言葉なんて誰にも分からない。私は高二の夏、父親の後頭部をバイクの工具で殴った。殺すつもりだった。血がいっぱい出た。私は人を殺した。あの時死んだのは父親ではなく私の方だ。だから私は人じゃない。だから私は何も育てることができない。培うことも、生むことも、営むことも、誰かと一緒に生きることも。好きだという気持ちは分かる。意味は分かる。けれど私は幸せになってはダメだ。

「そんな困った顔することはない」

因幡は陽炎のように頼りなく笑った。

「別に焦ってないから、ゆっくり考えてみて」

そう言って白く長い指で蛍光灯のボタンをそっと消した。

「おやすみ、はるか」

ぱちんと消えた蛍光灯の残像の空間に声だけが聞こえた。私はベッドに体を起こしたまま少しだけ泣いた。


それから手術までの一週間は、麻酔のための免疫検査だの手術の準備などで過ぎていった。因幡は相変わらず日に一度は必ず病室を訪れた。けれど結婚の話はあの夜だけで、あれ以来、口にすることはなかった。私は因幡の顔を見るたびに辛くなっていた。因幡の目の下の隈は消えることなく顔色も冴えず、これではどちらが病人だか分からない。手術の日、毛布の下の私の手をそっと握って、

「目が覚めたら、もう終わってるからね」

そう言って優しく笑った。因幡の手のひらは冷たかった。

——手術が終わったら。

因幡の、口角を少しだけ上げた笑顔を眺めながら私は思った。手術が終わって退院をしたらもう因幡には会うのはよそう。因幡も私も少しだけ傷つくけれど、それが一番いい方法だと思った。

年が明けてこの冬、何度目かのどか雪が降った朝、ＩＣＵの薄暗い部屋のベッドの上で三井が死んだ。七ヶ月前、私の最後のレースになった選手権の二戦目でクラッシュし、救急車で運ばれた若いドライバーだ。将来も期待されていた。六月に事故をしてそれから一度も意識が戻ることなく、三井は亡くなった。

三井は死んだ。幸せだっただろうか、人並みにそんなことは思う。いきなり有無を言わせず全部もっていかれたんだ。

泣き続けていられたら、人は幸せではないだろうかと思う。笑うから辛い、どんなに酷いことがあってもやがて人は忘れた振りをして、笑う。だから辛い。失くしたものを頑《かたく》なに信じて喪《うしな》った人間をずっと思い続けていられたら、それは幸せなことだと思う、日常が立ち行かなくなってしまうだろうけれど。

ＩＣＵの薄暗い部屋を思い出す。空気の滞った、規則正しい機械音のするあの部屋に寝かされていた三井。青白い無機質な三井の顔が鮮明に浮かぶ。三井は死んだ。小さな記事が新聞に載った。

退院の朝、私はそれを知った。ナースステーションの横のＩＣＵの部屋は開け放たれていて、中を覗くと堅そうなベッドとスイッチの切られた四角い機械が無機質に置き去りにされていた。カーテンが開け放たれ、光が射し込んでいるせいか部屋はガランドウのようだった。

私は纏めた荷物を両手に持って、ナースステーションに顔を出した。ナースステーションには槇村がいた。

「やあ、今日だったたね、退院おめでとう」

長い腕を大袈裟に広げて近づいてくると、槇村は冬なのに白衣の袖を捲り上げながら私の前に立った。そうして長身を折り曲げて私の耳元に顔を近づけると、「因幡からバラの花でも届いたかい」と言って、にっと笑った。それから私の答えを待たずに両手の荷物を奪い取ると、ロビーまで送ると言って、さっさと歩き出した。エレベーターの前で槇村に追いついて一緒に乗り込んだ。エレベーターの中は私たちの他に点滴のバーを片手に持った老人がひとりいるだけだった。

「因幡先生は仕事中だ。残念だったな」

エレベーターの表示ボタンを見たまま槇村は言った。

——ごめん、はるか。休みが取れなかったんだ。

昨日、病室を訪れた因幡はそう言って私に謝った。

——雪で足場が悪くなってるから気をつけて帰るんだよ。

長い前髪を掻きあげた因幡の顔は本当に心配そうで青白かった。

退院したら、私はもう因幡に会うつもりはなかった。そのことについては最後まで因幡には言えなかったけれど。

受付の待合を通り抜けロビーから外に出た。久しぶりに触れる外の空気は身を切るような寒さだった。病院の玄関は雪や泥で汚れて人の出入りも多かった。入り口につけたタクシーのトランクに荷物を入れながら、「まだあんまり無理しちゃ駄目だぜ」と槇村は一応執刀医らしいことを言った。それから座席の方に回り込んで長身を屈めてにやりと笑った。

「じゃあな、はるかちゃん。今度メシでも食いに行こうぜ」

私も僅かに笑って、タクシーの扉はバタンと閉められた。のろのろと発進するタクシーの後ろで槇村が大きく腕を振っている。変な医者だ、槇村も因幡も白衣を着てなかったらとても医者には見えない。本人達はそうは思っていないようだけれど。

首を回して内科の外来の診察室がある辺りを見た。その診察室には大きな窓がひとつあって因幡のデスクは窓辺に据え付けられている。西日がよく射し込んで、そこだけ切り取られたような部屋だった。タクシーの中から捜したけど、因幡のいる診察室の窓がどれなのかよく分からなかった。

その日から、因幡からの電話は日に何十件と入ってきた。耐えかねて三日目から電源を切った。私は宇佐見の個人的な伝《つて》で、F3を走っているチームのワークスを引き受けた。一ヶ月間の条件付きで場所は鈴鹿だった。ワークスといっても今はシーズンオフでほとんど毎日室内でのミーティングだった。退院したばかりの私を気遣っての宇佐見の配慮だろう。宇佐見の友人でもあるチームのオーナーの家に世話になってそこからサーキットに通った。

毎日、因幡のことが気になった。

繋がらない電話に戸惑っていることだろう。私の部屋のドアの前に立って戻らない私を待っているのだろう。優しい因幡、因幡はいつもポンと投げてくる短い言葉でいちいち私を安心させた。私とは違う、私はいつも人を傷つけてばかりだ。この一ヶ月で私は自分でも驚くほど精神のバランスを欠いた。男のことでこんなにも動揺するなんて初めてだった。会えない寂しさではなく、ひとりの男にこんなにも深く関わってしまったことを今まで気付かなかった自分に動揺した。因幡と会う前の自分を思い出そうとした。私も因幡もやがて、私たちが出会う前の、それまではそれが普通だった生活と場所に戻っていく、たったそれだけだ。

——結婚しないか、はるか。

そんな言葉は病院の病室で言うべきものではない。そのうちきっと顔も思い出せなくなる。今はただ会いたくない、会うと、辛い。これは幼い甘えだろうか、保身だろうか。保身？　何を守っているのか、何を守りたいのか、腐った臓物など役に立つものか。私は腐っていく、私は狂っている。腐った人間など誰も好きになるものか。

私は精神のバランスを欠いていた。鈴鹿での仕事も終わり、こっちに帰ってきてからそれはますます酷くなった。鍵の壊れたポストには六通の因幡からの手紙があった。封筒にはただ名前だけが書いてある。「木京はるか様」と、端正な字で。裏には小さな字で因幡了とあった。震える手でそれを取り出すと私は読まずに捨てた。

一ヶ月ぶりの自分の部屋は、カーテンから透けるぼんやりとした光のせいで、輪郭がはっきりしない吹き溜まりのような空間になっていた。部屋の隅々にしっかりと冷気が浸透して、冷凍庫のような冷たさだった。体温を持った生き物をはっきりと拒絶している。

電気ストーブを点けて、その前にぺたりと座る。震えているのは寒さのせいなのかどうか、分からなかった。私は精神のバランスを欠いている。ちょっとでも気を抜けば足場から崩れ落ち、奈落の底までいってしまいそうだった。埃の溜まった床にお菓子の空き箱のような携帯電話が転がっている。一ヶ月以上も電源が切られたままだ。きっと宇佐見からも連絡が入っているはずだ、けれどどうしても電話をとる気にはならなかった。

一日中カーテンは閉められたまま、電気ストーブの周りだけ僅かに暖かい部屋で寒さを凌ぎ、猫のように背中を丸めて、洞窟の中で微かに息をしているような生活が続いた。

月が変わって三月になった。寒さは依然厳しかったが、沖縄では桜が咲いたとどこかで言っていた。

桜か――。

むせ返るほどに咲き乱れたピンクの森を去年の四月、フロントガラス越しに見たのはあの桜だ。

見上げると、雪でも降り出しそうな空模様だった。私はコートの前を合わせて車に乗り込むとキイを回した。

――新藤は今年が正念場だ。

さっきまでいたサーキットの中の喫茶店で、テーブルを挟んだ宇佐見がコーヒーを飲みながら言った。先シーズンは年間ポイント六位で、シーズン二年目の新藤にしては大健闘だった。けれどシーズン後半からペースを崩し、持ち直すことなく最終戦中盤リタイヤで終わり、本人もナーバスになっているという。先輩として話を聞いてやってほしいとのことだった。

「三年目のジンクスってのがあるからな」

カップに残ったコーヒーを流し込みながら宇佐見はぼやいた。視線をすっと外し壁にかかった白っぽい絵を眺めながら、私は私の三年目の時はどうだったろうと思った。二十一から走っているから二十四歳の時だ。

「——お前はよかったな、あの頃が」

宇佐見も同じことを考えていたらしく、目を細めて窓の外を見た。

「俺でも文句のつけようのないくらい、走れてた」

あの頃が、か。

一番よかった。車の中で宇佐見の声が乾燥した車内に転がった。今の私は——。なんだか可笑しかった。

エンジンを切って車から降りる。駐車場から部屋までの僅かな距離に体の先端が一気に冷たくなった。

けれど、冷え切った体でエレベーターを降りたとき、収縮していたはずの私の小さな心臓は一度大きくどくんと波打った。そして足は凍りつき、止まった。

私の部屋の扉の前に因幡がいた。

私は、因幡が私に気付く一瞬前に、彼に気が付いた。瞬間逃げ出そうかと本気で思った。けれど気持ちとは逆に、私の足は一ミリも動かなかった。

扉に寄りかかっていた因幡は、私に気が付くと、きちんと立ち直して体ごと私の方を向いた。向かい合った私たちは、そしてお互い戸惑った。かける言葉など持っていなかったから。足元のコンクリは冷気を跳ね返しては体温を奪っていく。やがて因幡が変わらぬ穏やかな声で言った。

「久しぶりだね、はるか」と。けれど笑わなかった。笑うはずもないけれど。私はまだ凍りついたまま動けなかった。凍てついた空気は、私の体の中の血を足元へ足元へと押し下げる。駄目だ、まだ駄目だ、会っては駄目だ、話せない、会いたくない、話はできない。

「話がしたいんだ、時間ある?」

因幡の言葉に私はびくりとして、けれどようやく足を踏み出し因幡を通り越して扉の前に立ち、震える手でロックを解除しながら、

「話なら聞くけど」

低い声が口元から洩れた。

「話なら聞くけど、玄関からは入ってこないで」

因幡の方を見ずにそう言って扉を開けて中に入った。言った後で泣きそうになったので、先に入り靴を脱いですたすたと部屋に入った。その後から、因幡は何も言わず入ってきた。靴を脱がずに狭い入り口に立ったまま所在なげに私の方を見ている。本当に入ってこよう

としない。ばかじゃないかと思った。寒いのでコートを着たまま暖房を点ける。いつもは電気ストーブだけなのだけれど、電気ストーブでは玄関まで暖まらない。

「ずっといなかったね」

立ったまま、コートに両手を突っ込んで因幡は言った。

「どこ行ってたの？」

いつもの穏やかな声だったけれど顔色は白く唇は青い。どれくらい、待っていたのだろう。

「鈴鹿」

私は短く答えた、仕事だったと言った。

「いつ戻ってきたの？」

因幡が立っているので私も座りづらく、いすの背もたれを左手で持って立ったまま、戻ってきたのは先週だと答えた。

「まだ、走ってるの？」

眉間に皺を寄せて因幡は少しだけ困惑した表情になった。因幡は私が走ることをあまりよく思っていない。危ないから、とよく言っていたが、本当は私の体のことを気にしている。でも私はもうチームを解雇されている。

「走りたくても走れない」

私は投げやりに言った。

「引退したんだろ」

「クビになったのよ」

横を向いてそう言った。因幡は何も言わなかった。やがて、ふ、とひとつため息をつくと扉に凭れて姿勢を崩した。

「病院に転院願いを出したんだってね」

「うん」

外来には行かずに受付でそう告げると、主治医と相談してくれと言われたのでそれならいいと言ってあっさり帰ってきた。

「もう、顔も見たくないの？」

いすの背もたれを握る手に力が入った。

「――うん」

掠れた情けない声が冷えきった狭い部屋に、自分の耳にも可笑しいくらい無機質に響いた。

「俺が嫌い？」

それは前にも聞いたことのある質問だった、私は答えない、答えられない。

「はるかのことが心配なんだ」

はるか、と因幡は私の名を呼んだ。

「顔色がよくない。具合が悪いんじゃないのか、ずっと心配してたんだ」

因幡は私の方を真っ直ぐに見て言った。

「具合も悪くないし」

私は目を伏せてゆるゆると抑揚なく答えた。薬もちゃんと飲んでいる。そして緩慢な動作で因幡の方を向いて言った。

「人に心配されるのは好きじゃない」と。

「俺が心配しなくちゃ」

因幡は少し顎を引いた。角度が変わると、やつれた顔は陰を濃くし精悍に見える。

「俺が心配しなくちゃ、誰が君のことを心配するんだ。君には家族がいないんだろ」

言った後で、因幡は酷く哀しそうな顔をした。

家族がいないということは、案外マイナスだ。生活をするなかで、仕事をする上で、なんの利害もないくせに必ず皆聞いてくる。ご家族は、ご兄弟はと。家族はいないと答えると、みんな揃って哀しそうな阿呆面を見せる。まるでそうしろと飼い習わされたように。

そして因幡もそうした種類の人間だ。だからのけ者の私は下を向いて呪文のように呟くだけだ。

心配してもらわなくてもいいと、一人は慣れているから、私は平気だから、と。

「だったら」

因幡は掠れた声で言った。

「だったら、どうして泣くんだよ」

私はびくりとして顔を上げた。眉間に皺を寄せた因幡は、私を見たまま言った。

「泣いてただろ、初めて病院に来た日」

初めて病院に行った日。

むせ返るような桜が咲いていた四月、車のフロントガラス越しに桜を見ながら、桜なんか目に入っていなかったかもしれないけれど、つ、と一筋水のような涙が流れ落ちた。

――あれ、目が赤いですね、炎症でも?

アレルギーだと嘘をついた私の言葉に、あのとき、因幡は小さく頷いて、そのようですねと言った。

「君は大丈夫なんかじゃない、一人で平気でもない、だから心配もする」

扉から背を離し、きちんと両足で立って因幡は背筋を正して、そして言った。

「君はちゃんと人を好きになれる人だ」

私の左眼から一筋、つ、と水のような涙が頬を伝って流れ落ちた。ぽたりと床にしみをつくる。私はいすの背を離して因幡の前までふらふらと歩いた。

人を好きになれると、私が。

目の前の男はそう言った。

私は自分の右手で思いきり因幡の左頬を張った。ぱちんと薄っぺらい音が鳴った。

私の手も因幡の頬も氷のように冷たかった。私は子供の頃から感じていた。私はいつか両親を殺すだろうと。どうしても愛せなかった。人を好きになる一番最初で躓《つまず》いた。だから私は人を、自分も他人も含めた人を好きになれない。すべて分かっているというそんな顔をする目の前の男が不愉快だった。

「はるか」

因幡は穏やかな声でもう一度言った。

「君はちゃんと人を好きになれる人だ」

今度は、私は動かなかった。壊れて止まってしまった時計のように動けなかった。

「――だから、はるか」

さっき張った私の右手を、今度は因幡が白く長いきれいなその手で強く掴んだ。そして言った。

「結婚しよう」と。

因幡は強い力で、私の体ごと自分の方に引き寄せた。手も頬も氷のように冷たかったのに因幡の胸はとても温かだった。

頬を伝って流れ落ちる涙を目で追うように、私は子供みたいに頷いた。


桜の咲く四月、私たちは結婚した。初めて因幡に会ったのも確か桜の頃だった。ぺらぺらの婚姻届を病院のすぐ近くの市役所に出した。それだけであとは何もしなかった。因幡は結婚式だけはしたいみたいだったけれど、私がいやだと言ったら、はるかが嫌ならそれでいいよとふっと笑って、それ以上は何も言わなかった。

宇佐見から結婚祝いとかで、私の胸の高さくらいまであるサボテンの鉢植えが届いた。西部劇に出てきそうな立派なやつだ。私が以前いた部屋のベランダには小さなサボテンがあった。花は嫌いだけれどサボテンは手間がかからないし枯れないから好きだと前に言ったのを覚えていたのだろう。因幡はとても喜んで玄関に置こうと言った。どんな部屋かも分からないのに、いきなりこんなものを送りつけてくるところが強引で宇佐見らしかった。電話で礼を言うと、今度二人そろって挨拶に来いと召集令状をいただいた。

五月のはじめ、かねてから何度も言っていた通り、槇村と三人で海の見えるきれいなレストランで食事をした。槇村は行きつけの店だと言ったが、絶対うそだと因幡は言った。槇村は顔色を変えずに陽気に酔って、「こいつにはるかちゃんのことを教えたのは自分なんだ」とワインのグラスを煽りながら、「わはは」と笑った。「今でも、こいつより俺の方がはるかちゃんのことはよおく知っている。だから嫌になったら今度は是非俺のところに来るといい」と、いつもの大げさな手振りを加えながら上機嫌でそう言った。ほとんど一人でワインを空けてしまった槇村を送り届けながら、「こいつ、酔うといつもこうなんだ」と因幡は肩をすくめてみせた。それから「世話がかかるけど、でもいい奴だろ」と因幡も少し酔ったのか、いつもより少しだけ上気した顔で笑った。

私は自分の小さな部屋を引き払って、因幡のマンションに越して来ていた。私の荷物は驚くほど少なく、引越しは半日もかからなかった。因幡は元々、一人では広すぎる部屋に住んでいたから、私一人転がりこんできてもどうということはなかった。病院が近いからという理由で、この部屋にしたんだと因幡は言っていた。

七月もそろそろ梅雨が明けようかという頃、来週まとまった休みが取れそうだから旅行にでも行こうと因幡が言った。新婚旅行のつもりだったらしい。私はあまり旅行が好きではなかったが、因幡がとても嬉しそうに話すので何も言わなかった。因幡はパンフレットを色々と持って帰って、はるかは信州と北海道どっちがいいかと楽しそうに聞いた。けれど信州に決まったその新婚旅行も、前日の夜に鳴ったポケベルで、病院に行った因幡は次の朝になっても戻らず、結局行くことはできなかった。その翌日の早朝、因幡の担当していた患者さんが亡くなったとかでお昼前にとても疲れた顔をした因幡が帰宅した。目の下に隈を作りながらも、せっかく楽しみにしてたのにごめんね、と私よりも因幡の方がずっと楽しみに準備していたくせに済まなそうに私に詫びた。

七月の終わり、病院のそばにある川原で花火大会があった。因幡と槇村と三人で病院の屋上から花火を見た。以前、因幡が言っていた通り、そこからはとてもきれいに花火が見えて、音も近く腹の底に響いて心地よかった。その日、因幡は勤務中だったが槇村は非番で、酔っ払った槇村は、「今から川原の屋台に行って、はるかちゃんのためにたこ焼きを買ってきてやる」と誰に言うこともなく宣言して階下に下りていった。たこ焼きの匂いでばれるからよせと言う因幡を振り切って、槇村は本当に焼きたてのたこ焼きを二パック買ってきた。三人でたこ焼きを食べながら並んで花火を見た。けれどそれから、私が帰った後、婦長に見つかり因幡と非番の槇村はこってりと絞られたらしい。翌日、帰宅した因幡はがっくりと肩を落として、「来年からはあの場所は使えないかもしれない」とため息まじりに呟いた。その落胆振りが可笑しくて、私はその後半日くらい笑っていた。

月に何日か宇佐見から紹介してもらった仕事をこなし、後は通院するくらいで生活のほとんどを私は家で過ごしていた。元々出不精なのだ。因幡はいつも誠実で、私も普通の人間の振りをするのが段々板についてきた。時々、こんな生活が普通なのだと私に錯覚させる。私と結婚したいという男がいたなんて、私が人並みに結婚して家族を持ったなんて、未だに信じられなかった。私にとって家族とは禁忌だ。帰るべき場所などでは決してない。最も危険な場所であり、見てはいけない深淵がぱっくりと口を開けて、私の血と肉を脅《おびや》かす厭らしい聖域だ。この私が家族を得るなんて、新しい家庭を創ろうとしているなんて、悪い冗談としか思えなかった。長く続くわけもない、それはきっと因幡も承知しているはずだ。偽物のキャンバスの食卓の上に贋作を塗り固め、偽札でさばく、嘘ばっかりだ。

　狂ったような暑さの夏から転がり落ちるように秋は過ぎ、晩秋も冬の寒さを呈す頃、私の三度目の入院の告知が因幡からされた。

　その頃から、私はこんな生活はもう無理だと思い始めていた。


「休みの日くらい、家でゆっくりすればいいのに」

　私服で因幡が病室に訪れるたびに、痣だらけになった両腕の瘢痕をぼんやりと眺めながら私は言った。

「家にいても、することがないんだ」

因幡はそう言って、ふ、と笑う。することがないのはここにいても同じことなのに、そう思いながら私は窓の外を見る。雪でも降り出しそうな空模様だ。

「今年は夏からいきなり冬だったね」

多分、私の視線の先を追って因幡も窓の外を見ている。

「急に寒くなったからインフルエンザが流行ってるんだ。はるかも気を付けなくちゃ」

学校の先生みたいなことを言う。私はまだ窓の外を見ていた。

「明日から十二月だね」

因幡の声は相変わらず穏やかだった。振り返った私に、因幡は紙袋から取り出した四角い赤い包装紙のプレゼントを差し出した。

「ちょっと早いけど、クリスマスプレゼント」

赤い包装紙のそれにはピンクのリボンが付いていた。

「開けてごらん、はるか」

目を細めて因幡は笑った。なんだか恥ずかしくて、ありがとうも言えず、下を向いて受け取りベッドの上でかさかさと紙包みを取った。中からは三十センチくらいのプラスチックのクリスマスツリーが出てきた。コンセントに繋ぐとピカピカ光るおもちゃのツリーだ。

枕元に置くとちょうどいいくらいの大きさだった。

「クリスマスは俺、仕事なんだ。だから一緒に過ごせるね」

因幡は楽しそうに笑った。私は私の手元に納まったおもちゃのツリーから顔を上げて因幡を見た。

優しいりょう。

私はあなたから色々なものをもらいました。温かいりょう、あなたに触れるたび私は自分の幼い弱さを痛いほど知りました。あなたが私に言葉を投げてくる度に、戸惑いながらもそれでもあなたに聞いてみたいことがありました。こんな私でいいのかと、でもそれは怖くてどうしても聞けませんでした。ぱっくりと開いた見てはいけない深淵に立ち、私はそこから踵を返して走って逃げ出したのです。

自分が普通でないと思ったなら、思った瞬間からそれは多分、自分の責任だ。誰かのせいにしてはならない。親も家族も周りも関係ない。自分がこんな自分になったのは自分ひとりの性質だ。私は狂っている、私は腐っていく、その思いを断ち切ることがどうしてもできない。因幡がそばにいればいるほど、息もできないほど苦しい。因幡が誠実であればあるほど私は傷ついた。優しいりょう、あなたでなければ駄目なんだ。けれどそれと同じくらい、あなたでは絶対無理なんだ。

年が明けて、私は二十九歳になった。膠原病に明確な治療法はなく、薬で抑え症状が出るたびに処方を変え、その度に副作用があった。気候も落ち着き暖かくなり始めた頃、自宅療養に移行した私は因幡のマンションに戻った。けれど病院にいた頃となんら生活は変わらなかった。朝と夜と、時々昼間にも因幡先生の診察がある。私はもう因幡の顔なんか見たくないのに。

私はもう、限界だった。

あの頃の君を想うたび、後悔が先にたつ。君は日に日に不安定になっていった。君が誰にも入れない世界を持っているのは知っていた。好きだからといって、何もかも理解することはできないことも分かっていた。でも、結婚しようと言った俺の言葉に君が頷いてくれたとき、俺は本当に嬉しかったんだ。

第2部

渡米は船だった。そのほうが足がつかない。その時の私はそれが最良だと思った。行く先はボストン。渡航して一ヶ月。アメリカの地に降り立ったのはまだ夜明け前の時刻だった。きつい潮の香りと船のモーター音と真っ暗闇の中で水平線が白々と明るかった。日が昇るまで港で過ごし、汽車で東へ向かった。

コッド岬の東の端のボストンの片田舎、小さな町だがサーキットがあった。小さなチームのトレーナーをしながら、小高い丘のすぐそばにある白い屋根の平屋を借りた。一人で住むには広すぎたが、近くに川が流れているのと隣の家が離れているのがよかったのでそこにした。

無理をせず、体調のよくないときは仕事を休み、週に一度はボストン市内にある大きな病院に通った。担当医はスコットというイギリス系のアメリカ人で、八年前に亡くしたという奥さんは日本人だったと聞いた。七歳になるミユキというハーフの女の子がいて時々病院に遊びに来ていた。子供は好きではなかったが、私の肩まで伸びた黒髪が珍しいのかミユキは不思議と私になついた。私も嫌ではなかった。スコットは人当たりのいい柔和な、良い父親であり、良い医者だった。落ち着いた物腰のさりげない気遣いが宇佐見に似ていると思った。

因幡と別れて半年が経っていた。こっちでの生活にも慣れ、因幡のことを思うと胸が痛んだが後悔はなかった。穏やかに流れていく時間は以前より少しだけ透明になり、それは因幡との短い生活の中で、私が因幡からもらった多くのもののひとつだったように思う。私は安定していた。それは上辺だけだったかもしれないが、私は以前に比べると驚くほど安定し、規則正しい生活を送っていた。

「今年の冬は暖冬なんだってさ」

左手に持ったストップウォッチと路面の荒れたストレートを交互に見ていた私の後ろから、両腕を頭の後ろに組んだドライバーのリックが近寄ってきた。

「はるかは雪見たことあるかい?」

リックは十五歳で、今のところチームで一番いいラップタイムを持っているドライバーだ。

「日本にも雪ぐらい降るのよ、珍しくもないわ」

ホームストレートを見たまま私は言った。

「なんだ、かわいくねえな」

リックはコースに背を向けて、私の胸の高さまであるコンクリの壁に身軽に飛び乗った。そしてブーツの踵で壁を二、三度こつこつ打ちながら、「はるかも昔、走ってたんだろ」と高い視点から言った。

「昔、ね」

私は短く答える。二年前の話だ。

「もう走らないのか？」

車がエンジン音を轟かせながらストレートに戻ってくる。ストップウォッチをカチリと押して表示タイムを記入する。それから私は初めてリックの方を向いて、「クビになったのよ」と言ってにやりと笑った。

「なんでだ？　男か？」

私の方に身を乗り出してリックが高い声を上げる。ふざけた奴だ。

「何よそれ」

手元の時計をちらりと見てから、私はコース上に視線を返した。

「そんなことより、車はちゃんと直してもらったの？」

「今日はもう店じまいだって。ハロルドの親父、診てくれないんだ」

リックは子供の言い訳みたいに口を尖らせた。

「はるかから言ってくれよ。」

「知らないわよ。自分がオーバーヒートさせたんでしょ。ちゃんと直してもらいなさいよ」

生意気なリックも古株のハロルドだけには頭が上がらない。大方途方に暮れて、私のところに応援要請でもしにきたのだろう。私はもう一度手元の時計に目を落としてから最終コーナーを見た。そろそろ車が戻ってくる頃だ。最終コーナーは緩やかな右カーブになっていて、その向こうには狭いグラベルを挟んで小高い丘のような芝生の緑がある。芝生に腰を下ろしてコースを走行している車を眺めている人達の姿がある。私は、はっとした。

その中に、因幡がいた。

確かに、因幡だった。私は自分の目を疑った。白いセーターに薄手のコートを羽織っている。白がよく似合う。いつも背筋を伸ばして姿勢がいい。見間違うはずがない。かなり距離はあったけれど因幡も私に気が付いていた。それははっきりと分かった。因幡は真っ直ぐにこちらを見ていた。多分あの暗いまなざしで。私は、因幡の全体の印象にはそぐわないあの光を孕んだ暗い目が出会った時から好きだった。

すぐ横でリックが何か言っていたが、耳に入らなかった。私は射すくめられたように息もできない。ストップウォッチが私の手からするすると足元に落ちた。やがて因幡はふいと横を向いてピットとは反対の方向に歩き出した。そしてその姿はすぐに見えなくなった。

私は因幡の姿が全く消えてしまうまで、立ち尽くしたまま小指一本動かせなかった。


その日の夕方、予感があったのかもしれない。もう誰も走っていないサーキットをピットから眺めていた。昼間とはまるで違う熱の冷めた路面は、蛇の抜け殻みたいにそこに横たわっていた。名前を呼ばれて振り返った。ゲートの方から、この秋に小学校に上がった黒人のテリーが駆けてくるところだった。

「はるかっ、はるかっ！　やっと見つけたっ」

テリーは声と体を弾ませながら私のそばまでやって来ると、ゲートの方を指差して、「向こうではるかのお客さんが待ってるよ」と甲高い声を上げた。ガラス玉のような大きな目を何度も瞬かせながら、「髪の黒いね、男の人だったよ」と舌足らずに私を見上げた。

気が重かった。こめかみに人差し指の腹をあてて強く押さえる。目を閉じると、瞼の裏にオレンジ色の光が広がった。立ち眩みのような感覚に襲われて目を開ける。テリーが私の足元で「はるか、はるか」と言いながら袖を掴んで引っ張った。私はテリーの頭の上に手のひらを乗せるとくしゃくしゃにして、「ありがとうテリー」と言った。それからゲートの方を仰ぎ見た。冷たい風が顔をなでる。ぎゅっと手を握ると指の末端が真冬の小枝のように恐ろしく冷たくなっていることに初めて気付いた。一瞬、咽喉の奥が痙攣したように震えた。私は重たい足を引きずるようにゲートの方に向けてゆっくりと歩き出した。

ゲートの所々へこんだ金網に両足を投げ出すように寄りかかって立っている男がいた。逆光で顔の判別はつかなかったがすぐに分かった。長身の槇村だ。私に気付くと槇村は体を起こして、「やあ」とよく通る声をかけて手を広げた。

「久しぶりだね」

人懐こい笑顔は変わっていなかった。私の記憶している槇村より髪が短かった。

「歩かないか」

そう言うと槇村はジーンズのポケットに両手をねじ込んで先にたって歩き出した。サーキットの周りは金網越しにぐるりと小道が続いている。芝生の丘があったり、場所によっては間近にコースが見える所もある。

「はるかちゃん、今も走ってるの?」

肩越しに少し振り返って槇村は言った。私は槇村の少し後ろを歩いている。声を出さず私は首を横に振った。

「そっか」

槇村は少し上を向いて中空で目を細め、「そうか、そうだよなあ」と独り言のように呟いた。

「二年前の選手権二戦目、あれがはるかちゃんの引退レースになるんだな」

引退したのではなくクビになったんだけれど、口には出さずそう思った。

「あのレース、俺見てたんだぜ」

槇村は立ち止まると、金網の向こう側を見た。そこからはちょうど裏ストレートエンドが見えた。コースはそこから少し下ってヘアピンにはいる。

「六位入賞の大健闘だったよな、はるかちゃん」

静かになったサーキットに槇村の声はとてもよく響いた。私は三井の顔を思い出した。

「俺、仕事休んで観に行ってマジ興奮したよ。あの時のレース、はるかちゃん最高だった」

昔の話だ。目を細めて私はフェンス越しの蛇の抜け殻を見た。槇村もふっと黙って同じ方向を見た。

「でも、大変だったんだってな、あの時」

夕方で、西日はほぼ真横から差し込んで槇村の表情はよく分からなかった。私はオレンジ色に光る西の空を見ながら思った。

あの時、因幡は夜勤明けにもかかわらず、私を心配して不慣れなサーキットまでついて来た。因幡には本当に、最初から最後まで頭が上がらない。

「あいつには会った？」

槙村が聞いた。

私は受ける。

「今日サーキットに来てた」

「そうか、話はしたかい？」

私は僅かに首を振る。遠くから見ただけだ。昼間のオイルを孕んだ油臭い風が、さわさわと辺りの空気を揺らした。

「――あいつ、酷かったんだぜ」

「え？」

「君がいなくなってから」

長くなった前髪が顔にかかるのを私はそのままにして槙村を見た。

「そりゃもう、君のこと探し回ってた」

私は目を閉じる。閉じた瞼の裏側もオレンジ色で西日が皮膚を透けて染み込んでくるようだった。目の裏側がじいんと熱くなる。

「ほんと、あいつ、見てるこっちが嫌になるくらいやつれて人相まで変わってさ、病院にも来なくなってうちにいってみたら泥酔してて暴れて吐いて、とにかく手がつけられなかった」

信じられない、あの優しい因幡からは想像もできない。

「信じられないだろ」

槇村はそう言って少しだけ笑った。

「一ヶ月後くらいだったかな、君の居場所が知れたのは」

宇佐見に聞いたのだろう。ここのチームのことは宇佐見から紹介された。けれどそれは二年前に、だ。私がテストドライバーに落とされて選手権を走れなくなったとき、ここで燻《くすぶ》っていても仕方ないだろうと宇佐見から勧められたトレーナーの話、二年前はすぐに断ってしまったが、その時のチームのことを覚えていて、今回は宇佐見を通さず自分で連絡をとって一人で決めた。けれど宇佐見の耳に入らないはずはない。居場所などすぐに知れるだろうと思っていた。

「意地を張らず迎えに行けばいいのに、俺はそうしろって言ったんだぜ。でもあいつは、はるかはそういうの嫌がるだろうからとかなんとか言って行こうとしなかったんだ。さんざん必死に捜してたのにだぜ?」

日は落ち、西日の残像は薄闇にとって変わりつつあった、槇村の顔はよく見えない。だからよけいに声だけが実体化して私を責める。

「待ってたみたいだな。あいつは何も言わなかったけど」

槇村の言葉は、正直、こたえた。

「多分、君が帰ってくるのを待ってたんだ」

私はふっと横を向いた。薄闇に紛れて少しだけ泣いても、きっと槇村には気付かれないだろう。

「俺が言うことじゃないんだけどな」

槇村は背中を丸めてちらりと私を見て、すぐにまたもう暗くなって何も見えないフェンスの向こう側を向いた。

「別れるにしても、俺はそれでも一向に構わないんだけどさ、一度、話した方がいいと思うぜ。――したこと、ないんだろ？」

いきなり家を飛び出してきた。それっきりだ。私らしいと言えば私らしいが引っ張り回される方はたまったものではないだろう。

槇村はジーンズのポケットから何か取り出すと、何も言わずに私の手を取り、それを握らせた。くしゃくしゃになった何かのレシートのようだった。くしゃくしゃになった折り目の角が手のひらにあたる。暗くてよく見えないが、その裏に走り書きがあった。暗すぎて字は見えない。

「この近くだぜ」

槇村は言った。

「昨日やっと荷物全部運んだんだ」

「え？」

紙切れから顔を上げて槇村を見た。フェンスを背にして槇村は多分笑っていた。

「あれ、言ってなかったっけ、俺」

暗闇の中で槇村の口元が動く。

「あいつ越して来たんだ。こっちに」

槇村は両手の親指をジーンズのポケットに引っ掛けてフェンスに寄りかかった。

「転勤っていうか、研修だ。二年間」

ざわざわとし始めた私の内側をよそに槇村はさらりと言った。

「全く、親友の俺に一言も相談せずに一人で決めちまいやがって」

槇村はそう言って、今度は声を出して笑った。

「友達甲斐のない奴だ。あんな男はやめたほうがいいぜ」

また風が吹いた。日が落ちて急に気温が下がったらしく、風は冷たかった。

「俺は休暇で来てるんだ。あいつ一人じゃ引越しも大変だろうしな。いい奴だろ」

冷たい風が顔にあたる。

「寒くなってきたな」

槇村はフェンスから体を起こした。

「戻ろうか、はるかちゃん」

それから長身を折り曲げるようにして、槇村は来た道を歩き出した。

小さな紙切れを手に、私は一歩遅れて槇村の後を追った。


三日が経った。

そして四日目の夜、私は因幡の移転先を訪れることに決めた。レシートの裏に書かれた住所は私の住んでいる家から驚くほど近かった。同じ通り沿いで五〇〇メートルくらいしか離れていない。因幡も川べりが気に入ったのだろうか、そう思ってすぐに否定した。いや偶然だろう。

きちんと話さなければいけないと思った。というよりも謝らなければならないと思った。会って一言だけ、詫びたかった。

――酷かったんだぜ、あいつ。

槇村の言葉はかなりこたえていた。けれど会いに行こうと決めるまでに三日、重い腰を上げるまでに一時間、家を出て五〇〇メートルの距離をのろのろ歩くのにさらに一時間かかった。だから因幡の家のインタフォンを押した時は九時をまわっていた。人様のうちを訪問するには遅すぎる時間だったけれど、私はそれでもインタフォンを押した。

くぐもったベルの音から少し間があって、ばたばたという足音が聞こえた。

「開いてるぜ、入って来いよ」

声と同時に扉は勢いよく開けられた。そして、グレイのセーターを着た因幡が扉の前に立っていた。私を見た因幡はとても驚いた顔をした。そして失語症になってしまったようにしばらく言葉に詰まっていた。

それは、そうだろう。突然来た私が悪い。私は多分、玄関の端っこで間抜けな姿で情けなさそうな顔をして立っていた。走って逃げ帰りたい衝動にかられながらも俯いて、「こんばんは」と間の抜けた挨拶を不明瞭な言葉でやっと一言呟いた。

因幡は、とても驚いていた。大きな両目をさらに大きく見開いて、私の顔を穴の開くほど見たまま、いつまで経っても動かない。握ったドアノブから手を放すことさえ忘れている。遠いところで雷が鳴った。

「――りょう、あの」

私のか細い声に、因幡は、「あ」と掠れた声を洩らした。それからようやく我に返ったように、「ああ」とか「えっと」とか独り言のように一通り呟いてから、やっぱりドアノブを持ったまますっと体をひいて、「どうぞ」と一言言った。因幡の肩越しに微かに湿った木の匂いがした。

「まだ手をつけてなくて散らかってるんだ」

私が入ると、因幡は後ろからぱたんと扉を閉めた。因幡の言った通り、そこら中にダンボールや家具や色々な荷物が無造作に置かれていた。

「ソファに座って。散らかっててごめんね」

そう声をかけると、因幡はキッチンの方へ歩いていった。ソファに座る。一年だけ一緒に住んだ因幡の部屋にあったソファだ。こんなものまで持ってきたのかと思った。水色の少し柔らかすぎるソファ。その横に、私の胸のあたりまである大きなサボテンの鉢植えがあった。宇佐見からもらった結婚祝い。あの時因幡は子供のように喜んでいた。今は、小さな赤い蕾をひとつつけていた。堪らなくなって私は膝の上で組んだ手を痛いほど強く握った。私の手はあちこちにできた瘢痕が赤黒い痣になり、指先にはオイルが芯まで浸透して変色し堅くささくれ立っている、汚い、醜い手だ。

「はるか、コーヒーでいいか？」

奥のキッチンから因幡の声がする。

何もいらないと立ち上がりかけたところに因幡が顔を出し、「そうだ、ワインがあるんだ」と嬉しそうに言って、またキッチンの方に消えた。

「ワインにしようぜ。飲むだろ、はるか」

私が答えるよりも早く、因幡はワイングラスを二つ持ってきてテーブルに置きワインを開けた。グラスにワインの白が注がれる。グラスの縁の透明な泡を見ながら、因幡はいつもワインの白だと思ったとき、隣のサボテンの鉢植えが目に入って思った。ああ、そうか、私が白が好きだと言ったからだ。

グラスにワインを注いでいる因幡の顔を盗み見る。頬骨の下が窪んで濃い影ができている。大きな両目は黄色く濁り、輪郭は鋭く精悍な感じさえする。とても痩せていた。まともに顔が見られないほどに。私は目を伏せた。

「痩せたんじゃないか、はるか」

因幡はワインの注がれたグラスを手に取って言った。私は動けなくなる。ワイングラスから透けて見える因幡の手は雪のように白くてきれいだった。答えない私に、変わりはないかと因幡はいつもの声で聞いてきた。勝手に出て行ったのは私なのだから本来なら心配される筋合いではない。けれど因幡は、蒸留水がわずかな隙間に浸透してくるようにさらりと自然に聞いてくる。変わりはない。ちゃんと病院にも行っているし、元気にやっている。私は不明瞭な声で応答しながら、その間ずっと人差し指でグラスの縁をこすっていた。

窓の外が一瞬光った、しばらくして低く轟く雷の音がした。もうすぐ雨が降るのかもしれない。

「カーテンがね、まだないんだ」

因幡は真っ暗闇の窓の外を見ていた。そうして、「寒くない？」と言ってすっと立ち上がった因幡の背中に、「ごめんなさい」と私は雨粒のようにポツリと呟いた。

因幡は立ったままゆっくりと振りむいた。そして言った。

「どうして謝るの？」

声は優しかったけれど、ソファに座った私を見下ろす因幡の視線を高圧的に感じた。因幡は私を見ている。そして私はグラスの縁についた透明な泡を見ていた。

「私が出て行った後」

私は膝の上に置いた手を組み替えた。

「私が出て行った後、大変だったたって」

私は唇だけを動かした、さっきよりも近い所で雷が鳴った。

「槇村に会ったの？」

因幡は少し驚いたように声を上げ、「いつ会ったんだ」と言ってソファに座り直した。

「四日、前」

「四日前？」

因幡はオウム返しに聞き返すと、大きなため息をついて天井を仰いだ。

「何だよ、あいつ」

ソファに体を沈めながら、「手伝いもしないで、いなくなったと思ったら」とぶつぶつと一通り悪態をついてからもう一度大きなため息をついた。それから思い出したようにふっと笑った。

「そうだな、酷かったな、あの時は」

ソファに深く体を沈めたまま因幡は足を組んだ。

「はるかがいなくなるのはこたえるよ」

柔和な笑顔でさらりと、そう言った。

「はるかは？」

雨の音が聞こえてきた。

「はるかは平気だった？　俺がいなくて」

私は——。

私は、平気でいられなくなったから逃げ出したんだ。けれどそれは因幡のせいではない。何と言えばよかっただろう。

やがて窓の外では、さあさあという冬の雨がすっかり辺りを包み込んでいた。カーテンのない窓の向こう側は相変わらず真っ暗で何も見えなかったけれど、因幡も私も窓の外を見ていた。

私たちはしばらく何も喋らずワインを飲んだ。いくら飲んでもアルコールは体に浸透していかなかった。因幡もそうらしい。今日はきっとそんな夜なのだ。

開けたワインが三分の一くらいになったとき、因幡が口を開いた。

「そう言えば、昨日、スコットに会ったよ」

「え？」

「スコットだよ、知ってるだろ。はるかの今の主治医の先生」

戸惑っている私に、

「研修医の時にね、世話になった人なんだ」

因幡はすらすらと説明した。

「研修医の時にね、一年間だけアメリカにいたんだ。話したことなかったね」

因幡は自分のグラスに透明な液体を注ぎながら、「その時の指導医がスコットだったんだ」といつもの落ち着いた声で言った。医者同士はどこかで繋がっているらしい。

「今回の転勤もね、だいぶ前に希望を出してたんだ。今ごろになってそれが通った」

最後のほうは独り言のようだった。

だったら、この時期に因幡がボストンに来たのは偶然ということか、そんなことはどちらでも構わないことだ。私は、ふ、と横を向いた。

「いい人が主治医になったね」

組んだ足のつま先あたりを見ながら、

「スコットなら安心だ」

そう言って因幡は微かに笑った。雨足が強くなってきたようで、ついさっきから雨音の種類が変わっていた。

「スコットの奥さんは日本人なんだよ。亡くなったんだけどね」

因幡はグラスに残ったワインを流し込んだ。

「知ってる」

「研修が終わって日本に帰る頃だったかな、確か子供が生まれたんだ。女の子だったかな」

「ミユキちゃん」

「そうそう、会ったことあるの？」

「よく病院に遊びに来てる」

スコットの診察室は小児科の病棟のように、ミユキのぬいぐるみやら絵本がたくさん置いてある。

「七歳、かな、奥さんに似て美人なんだろうな」

懐かしそうに因幡は目を細めた。

「少し生意気だけどね」

そう言うと、因幡は声を出して笑った。そしてその後言った。

「スコットはいい父親になったんだろうな」

それからことりとテーブルに空になったグラスを置いた。

いい父親。

私の心臓が僅かに反応する。私は、窓の方を見ている因幡の横顔をちらりと盗み見て思った。因幡はきっと、いい父親になるだろう、父親、人の親。私は――。

因幡がふっと左腕の時計に目を落とした。

「何時？」

「十一時を過ぎたとこ」

そう言って顔を上げた時の因幡の顔は、アルコールのせいか少し疲れているように見えた。

「そろそろ帰る」

私はそう告げた。

「送るよ、もう遅いし」

ソファから体を起こして因幡は立ち上がった。

「はるか、どこに住んでるの?」

「近くだから歩いて帰れる」

私も立ち上がった。

「でも雨降ってるぜ」

窓の外は土砂降りだった。

「じゃあ、傘を借して」

「ないよ」

「どうして?」

「持ってきてない」

まあ、日本からアメリカに来るのに雨の心配をする人もあまりいないだろう。

「だから送るよ、車出すから」

因幡はあっさりとそう言った。車で送ってもらうような距離ではないんだけど、そう思いながらも外に出ると、夜なのに一面水飛沫で真っ白に見えるほどの土砂降りだった。車に乗り込む。懐かしいシートの匂いとべっとりと雨を含んだ湿った空気が纏わりつく。直線で五〇〇メートルの距離だったけれどフロントガラスには瀧のような雨で、ヘッドライトはどこを照らしているのかまるで分からないような有様だった。

私の家の前まで三分で着いた。

「近いんだね」

因幡はハンドルに手を置いたまま言った。

「うん、じゃあね」

ドアに手をかけたとき、因幡が私の名を呼んだ。

「はるか」と。

強い雨音に消え入りそうな声だったが、車内の暗闇の中で因幡の白い手は私の腕を寸分違わず捕まえた。

「はるか」

異常に高い湿度のせいか因幡の両目は濡れているように見えた。

「――はるか、もう一度、一緒に暮らさないか」

囁くような声だった。優しい因幡は自分の弱いところも狭いところも全部私に晒し、それでも私の手を掴んで一緒に暮らしたいという。私は、そんな誠実な因幡が怖かった。お前も見せろと、わだかまった自分を晒せと、いつか言われたら私は、立ち行かない。私は前から因幡に聞いてみたいことがあった、こんな私でいいのかと、でも狭い私はいつもすばやく立ち回り、危うい場所に幼い言葉で引き籠もる、こんな私では駄目なのだ。

因幡の言葉に私は声を出さずにゆっくりと首を振った、それからか細い声で、「おやすみ、りょう」と唇を動かすと、因幡の白い手をゆるゆると振り解いて、私はがちゃりとドアを開けた。外は土砂降りの雨で、水溜りを跳ね上げながら私は家の中まで走った。運転席から因幡が見ているのが分かったから私は振り返らなかった。

次の日はサーキットは休みで、病院に行く日だった。夜から降り出した雨は翌朝になっても止まず雨足も弱まらず、私は相変わらず瀧のような雨の中、一時間かけてボストン市内の病院に向かった。駐車場に車をおさめてエンジンを切ったとき、目の奥がぎゅっとなるような頭痛を感じた。雨の中の運転は思いのほか神経を使う。運転席のシートにもたれて少しの間こめかみを押さえていた。体を起こし、車から降りてドアを閉めた時、右の人差し指に一瞬針を刺すような痛みが走った。第一関節が赤黒く浮腫んだ自分の指を私は目の高さに持ち上げてじっと見た。この痛みは知っている。嫌な予感が頭を掠めた。

「はるかっ！」

雨雲を吹き飛ばすような声に振り向くと、黄色い傘をさした女の子が水溜りを跳ね上げながら走ってくるところだった。

「はるかっ！　十分遅刻っ」

女の子は私の前まで走ってくると、舌足らずに甲高い声を上げながら私の腕を掴みぐいぐいと引っ張った。

「ちょっと、ミユキちゃん、待って」

「駄目、はるかっ、遅いんだもん。十一時までに来るって言ったのに十分も過ぎてるっ！心配になって、そこでずうっと待ってたんだから」

自動ドアをくぐりながら、病院には似合わない大きな声でミユキは私を責めた。

「診察室で待ってればよかったのに」

私が言うと、「だって、心配だったのよ」とミユキは唇を尖らせた。

病院の一階はホテルのロビーのように壮観で、天井は高く、ゆったりとしたソファには小声で言葉を交わす人達がいた。ミユキに腕を引っ張られながら建物の中に入った私は、今度はミユキを引っ張って大きな窓のそばまで連れてきた。私もミユキもしたたか濡れていた。

「風邪をひくわよ、寒くない？」

私はハンカチでミユキの髪の毛や服を拭いてやった。私の肩に小さな手を置いてミユキは素直に私に従った。それから二人で手を繋いでエレベーターに乗った。スコットの診察室は六階だった。

診察室はすべて医師ごとの個室になっていて、エレベーターを降りると、まるでホテルのフロアのように扉と廊下が続いている。ミユキはノックもせずに勢いよく手前の扉を開け放った。

「パパ、連れてきたよっ！」

甲高い声は部屋中に響き渡った。ミユキの後ろから中に入る。

「どうしたんだい、二人とも、そんなに濡れて」

口ひげをたくわえたスコットが書類から顔を上げて笑った。

「二人で水遊びでもしてきたの？」

私にいすを勧めながら、柔らかい物腰でスコットはいすごと体の向きを変えた。

「調子はどうだい？　はるか」

言った。

「悪くないわ」と応えようとする私の後ろからぬっと顔を出して、ミユキがよく通る声で言った。

「早くしてね、パパ」

「ミユキ、診察が終わるまでは向こう行ってなさい」

スコットが咎める。「はーい」と間延びした返事をひとつしてミユキはくるりと向きを変えると、自分の頭の高さと同じくらいのところにあるドアノブを両手で引いて扉を開けた。そして扉を閉める直前にドアノブにぶら下がるように首だけ突き出してにっこり笑い、「でもパパ、早くしてね」と舌足らずに言ってから、扉をパタンと閉めた。ぱたぱたと廊下を駆けていく足音だけが残った。

ミユキは日本人とのハーフで髪の毛も瞳も優しいブラウンだ。少し痩せすぎている気はするけれど、サラサラとした背中まである髪がきれいなかわいい女の子だ。

「先週、風邪をひいてね」

扉の方から視線を戻しながらスコットは言った。

「熱も高くてけっこうひどかったんだけど、子供だからほら、じっとしてないだろ?」

スコットは笑うと、目尻の笑い皺が丸いカーブを描いて長くのびる。

「でも一日だけ部屋でおとなしくしてる日があってね、のぞいてみると」

スコットはさらに笑って言った。

「ベッドの上で壮大なプランを企画中だったんだ」

「壮大なプラン？」

「あ、それ以上言ったらミユキに怒られる。まあ、後のお楽しみだ」

そう言って、スコットは柔らかそうな口ひげを触った。

診察はいつも十五分ほどで終わる。その後、採血と点滴が別室で行われ、もう一度スコットの診察室に戻ると、診察用のスコットの黒いいすの上に足をぶらぶらさせたミユキがちょこんと座っていた。

「おかえり、はるか。パパ！　はるか戻ってきたよっ」

ミユキはよく通る声で叫んだ。

「ああ、すぐ行くから待ってもらってくれ」

書棚の奥から声がする。

「パパがね、お昼ご飯一緒に食べようって、いいでしょ。はるか」

にっと笑うとピンク色の頬が柔らかそうに盛り上がる。

「いいわよ」

「やったっ！」

ミユキはいすの上で上下に跳ねるように喜んだ。

「じゃあ、そこに座って、これから先生の診察があります」

ぴっと背筋を伸ばして、そう舌足らずに言うと、ミユキはさっきのスコットのようにいすを指差してはるかに座るように促した。大人びた所作が可笑しかった。言われるままに腰を下ろすと、ミユキは背中から白い大きな封筒を取り出して、はいっと両手を添えて目をくりくりさせながら満面の笑顔で私の前に差し出した。

「何?」

えへへと笑ってからミユキは、「開けてみて」と私の方に身を乗り出した。封筒はのり付けされてなく、中身は厚紙を二つ折りにした手作りのカードだった。折り紙やリボンで装飾されて大きな字で招待状と書いてある。「うふふ」とミユキが鼻から抜けるような笑い声を出した。カードを開くと色鉛筆で描かれた巻き毛のサンタクロースが口をスイカ型にして笑っていた。吹き出しにメリークリスマスと書かれている。

「かわいい、クリスマスカードね」

顔を上げてそう言うと、ミユキは慌てて、違う、違う、招待状だよ、と小さな指で指し示した。なるほど、時間と場所が書いてある。

「毎年、ミユキと二人でクリスマスパーティーをしてるんだ」

奥からスコットが姿を見せた。

「ミユキが今年はどうしても、はるかと一緒がいいってきかないんだ」

白衣を脱いで黒いコートを羽織ながらスコットは言った。

「はるか、クリスマスは予定あるかい？」

「駄目よパパ、そんな聞き方しちゃあ。予定があってもこっちが優先なのっ」

なかなか生意気な口を利く子だ。

「予定はないわ、残念ながら」

「やったっ！」

「じゃあ、二人でうちにおいで」

スコットは私たちの前まで歩いてくると、ぽんとミユキの頭の上に手のひらをのせて言った。

「ふたり？」

「因幡君も誘ったんだ。知ってるだろ、はるか」

突然、因幡の名前が出てきたので私は驚いてしまった。

「彼が研修医だった頃からの友人なんだ。因幡君、十二月からボストンに転勤になったんだ。聞いてるかい？」

私は膝の上のクリスマスカードを見ながら、「ええ、知ってます」と小さな声で言った。

昨日、因幡も同じことを言っていた。

「ミユキの知ってる人？」

下からチビが顔を出す。

「ミユキは覚えてないだろうなあ。赤ちゃんの時だっこしてもらったんだよ」

なんだか懐かしそうにスコットは目を細めて笑った。

「パパのお友達なの？」

「そうだよ」

「はるかもお友達？」

ミユキの視線は痛いくらい真っ直ぐだ。

「うん、そうよ」

私は答えた。ミユキはぴょんといすから飛び下りると、

「だったらいいよ、ミユキもお友達になるから」

そう言うとぱたぱたと扉の前まで走っていって、くるりと振り返った。

「ミユキ、お腹すいた。はるか、早く行こ」

それから両手でドアノブを回しながら、もう一度スコットを振り返った。

「パパ、今日はちゃんと部屋の鍵を持って出てよ。この間、部屋に入れなくなって大変だったんだから」

言い方が大人びていて生意気だった。父親は両手を広げながら、「ああ、悪かったよ、今日はちゃんと持ったから大丈夫だ」と、眉をハの字に曲げて笑った。そうして三人そろって部屋を出た。

私は少しだけ気が重かった。


十二月に入っても厳しい寒さはやってこず、今年はどうやらリックの言った通り暖冬らしかった。中旬からもうクリスマス休暇とかで仕事はなく、私は病院に行く以外はほとんど家の中で過ごした。

朝、因幡から電話があった。あの雨の夜以来、時々因幡から電話がかかる。因幡がいるのは別の病院だったが、なぜかスコットの診察室にもちょくちょく来ているようで、何度か顔を合わせた。

「五時ごろ迎えに行くから」

電話口で因幡がそう言ったとき、何のことだか分からなかった。

「どうしたの、はるか、寝てたのかい？」

因幡は携帯からだ。移動中なのかもしれない。時計を見ると、九時を少し過ぎたところだった。

「じゃあね、はるか、夕方また」

そう言って因幡は電話を切った。窓からは柔らかな日差しが差し込んで今日も晴天を思わせたが、さすがに朝は寒かった。肩に引っ掛けたカーディガンの前を合わせながらテーブルの上のミユキからもらったクリスマスカードを見る。今日はクリスマスイヴだった。

因幡は五時きっかりに、私の家の前に車をつけた。「やあ」と言った因幡の顔は少し眠そうだった。そう言うと、今日は夜勤明けでさっきまで寝ていたのだと言った。だから今朝の電話は夜勤を終えて病院を出てすぐにしたものらしかった。

「電話しないと、はるか、忘れてただろ」

寝癖のついた頭で因幡はそう言った。

スコットの自宅はボストンの市内だったが、病院からは離れていて、街の中心部から東にそれた海に近い場所だった。一時間半ほどで着いた。白い平たい屋根の、ガレージとベランダがとても広いスコットらしい家だった。ドアには手作りのかわいいリースがかかっていた。ドアベルを鳴らすと、ペタペタと足音が聞こえて扉が勢いよく開いた。

「メリークリスマス！」

赤いサンタの帽子をかぶった満面の笑顔のミユキが迎えてくれた。赤い色のワンピースを着たミユキはとてもかわいらしかった。

「メリークリスマス、ミユキちゃん。初めまして、になるのかな」

ミユキは顔を突き出して、因幡の顔をじっと見た後、「私、知ってる」と神妙な顔つきで言った。それから後ろで手を合わせて、「私が赤ちゃんの時だっこしてくれた人でしょ」と言って、えへへと笑った。その後、私を見て、「今日は時間通りだったわね、はるか」と言ってまた笑うと両手を広げて、いつもより畏まって礼をしてから、どうぞっと私たちを部屋に招き入れた。

広いリビングの大きな窓のそばには、とても大きなクリスマスツリーがきれいに飾り付けられてぴかぴか光っていた。毛の長いふかふかの絨毯とゆったりとした桜色のソファと、大きな窓にかかる外が少しだけ透けて見えるレースのカーテンがあった。暖かい家だと思った。キッチンからサラダとサンドイッチを両手に持ったスコットが顔を出した。

「やあ、時間通りだね、もうすぐチキンが焼きあがるから始めようか」

スコットは水色のエプロンをしていたが、病院で会う時と印象はまるで変わらなかった。シャンパンが抜かれ、ミユキが大はしゃぎでクラッカーを鳴らす。特大のケーキにろうそくを灯すとき、部屋の明かりは消されて、暖かい部屋の中はツリーのぴかぴか光るライトとケーキのろうそくのかすかに揺れる灯と窓から入るほのかな明かりだけになった。明かりが消えると誰も喋らなくなった。

再び明かりが点けられたとき、スコットは両手に大きなピンク色のリボンをつけたプレゼントを持っていた。

「メリークリスマス、ミユキ」

「わあぁ」と歓声を上げて両手でそれを受け取ると、「ありがとう、パパ」と言いながらミユキはもうリボンに手をかけてするすると解いていた。アンティーク色の光る地球儀が出てきた。表面には凹凸があり、真ん中には赤道が赤いラインで入っている。

「ステキ！　パパ、大好き」

ミユキはくるくると地球儀を回した。その様子を目を細めながら見ていたスコットは、私と因幡に振り返り、「こっちが因幡君で、これがはるか」とそれぞれに同じ包装紙のプレゼントを渡した。

私は慣れていないので、ミユキのようにすぐに笑顔が作れなかった。

「わあ、何なに？　ねえ、開けてみて開けてみてっ」

ミユキが食いついてくる。せがまれるままに開くと、それはブルーの木の枠に入った猫と少年の小さな絵だった。たぶん水彩画だと思う。猫は服を着て蝶ネクタイを着けて人のように二本足で立っている、横を向いて手を広げて少年に何か話しかけている、そんな絵だった。因幡の方も続きもののようで、ベンチに腰掛けている猫と少年が描かれている。空には小鳥が飛んでいた。猫は空を見上げているのか、小鳥を追いかけているのか、口をぽかんとあけて上を向いていた。

素敵な絵だと思った。こんな絵を贈り物にしてしまうスコットも素敵だと思った。

「ありがとう、スコット」

私はようやく礼を言った。それから来る途中に因幡と二人で選んだ甘口の白ワインをスコットに贈呈した。スコットはとても喜んだが、ミユキは少しつまらなそうにソファにちょこんと腰掛けて足をばたばたとさせていた。そんなミユキを見ながら、これはミユキちゃんに、と私はミユキにクリスマスプレゼントを手渡した。それはオレンジ色のバスケットボールだった。ミユキは大きな目を輝かせて歓声を上げてそれを受け取った。ミユキはバスケットボールが大好きで大きくなったらマイケルジョーダンのようなプレーヤーになるんだと豪語していたのだ。ミユキはオレンジ色のぴかぴかのボールを見ながら、「ありがとう、はるか」と細い首を傾げて、「でもね」と私の方を見て言った。

「私、バスケットのプレーヤーになるのはやめてしまったの」

「それは初耳だな」

スコットが笑みを含みながらたずねる。

「どうしてやめてしまったんだい？」

「他になりたいものが見つかったからよ、パパ」

ミユキは背筋を伸ばしてそう言った。

「それはバスケットのプレーヤーより魅力的なのかい？」

「もちろんよ」

ミユキは大きく頷いた。

「パパには教えてくれないの？」

「教えてあげてもいいわ」

そう言うと、ミユキは私の方を見た。それから少し生意気な舌足らずな声で言った。

「私、はるかのようなかっこいいカーレーサーになりたいの」

私のような、と言うのがよけいだ。

「ね、はるか、いいでしょ？」

いいも悪いもない。本気で言っているのでないにしても、親としては反対なのではないかと、私はスコットを見た。

「それは楽しみだね」

スコットは酔っているのか、顎ひげをさすりながら呑気に笑った。

「今から、はるかに色々と聞いておくといいよ」

見ると因幡も笑っていた。

「だからね、はるかにお願いがあるの」

ミユキはぴょんと身軽に私の隣に腰掛けた。

「はるかの使っていたグローブとヘルメット、私に頂戴」

そんなもの、もう古いしミユキには大きすぎると言うと、大きくなったら使えるし、なんだか早く走れるような気がするから、はるかのが欲しいのだと言った。

「でもミユキちゃん、私はそんなに速かったわけでもないし、有名なわけでもないのよ。そんなもの持ってたって自慢にはならないわ」

本当のことだからそう言うと、ミユキはブラウンの髪を思いっきり横に振って、そんなことないからはるかの使ってたものが欲しいと、生意気な女の子はただの駄々っ子になった。

「でもね、こっちには持ってきてないの」

一応、捨てずにはいた。因幡のマンションに引っ越す時もダンボールに入れて、それはあまり目に触れぬ奥のほうに仕舞われた。けれどこっちに来る時は持ってきてない。持ってきたのはパスポートと幾種類かの内服薬だけだったのだから。その後、因幡が私の物をどうしたかは知らない。因幡は私の方を見ている。それは分かったが、私は因幡を見ることができなかった。

「じゃあ、いつでもいいわ。日本に戻ることがあったらその時は絶対に持ってきて、そして私に頂戴ね」

ミユキは私の膝に手をつき体ごと乗り出してきて、約束よ、はるかと念を押した。私はやっぱり因幡の顔を見ることができずに曖昧に頷いた。約束を取り付けた上機嫌なミユキが生クリームのいっぱいついたケーキをフォークで一口頬張ったとき、「これは俺から」と因幡はどこに隠しておいたのか、ミユキよりも大きなふかふかのくまのぬいぐるみをミユキの前に差し出した。ミユキはまた歓声を上げる。自分よりも大きいぬいぐるみに抱きつきながら、「ありがとう、お兄ちゃん」といっぱいの笑顔を因幡に向けた。

「それから」と因幡は私の方に振り向いて、こっちははるかにと、ミユキのよりも一回りも二回りも小さい、両の手のひらに収まるくらいの、けれどミユキのと同じくまのぬいぐるみを、「はい」と私に手渡した。

「私に?」

「そうだよ」

そう言って、因幡はろうそくの灯のように仄かに笑った。それを受け取ったとき、くまのぬいぐるみの左腕に閃くものがあったのをおそらく私だけが気が付いた。そっと見るとそれは指輪だった。シンプルで飾りのない、因幡と私の結婚指輪だった。私ははっとして因幡を見た。因幡はただ笑って、「大事にしてね」と言った。

私は、何も言えなかった。

ミユキの甲高い声とスコットの柔らかい笑い声が聞こえていた。私はやっぱり何も言えず、俯いて手の中のくまの黒い鼻の頭を指で押さえた。くまの頭はくしゃりと潰れて変な顔になった。

その夜は私にしては珍しくアルコールをたくさん飲んで心地よかった。ワインは好きだけれど、私はあまり量は飲まない。けれどその夜はたくさん飲んだ。ミユキの笑顔がかわいかったし、スコットの家が温かかったし、因幡の顔を見るのもいやではなかった。だから夜も遅くなったとき、体には充分にワインがいきとどき、私はほどなく眠くなっていた。泊まっていくといいと勧めてくれたスコットに、明日も仕事だから帰ると言った因幡にくっついて私も一緒に帰ることにした。眠い目をこすりながらミユキは、「はるかもお兄ちゃんもまた来てね」と私たちにキスをした。

車に乗り込むと、私はすぐに眠ってしまったようだった。目が覚めたとき、窓の外は埃のような雪がちらちらと降っていた。因幡は注意深く前を見ながら運転に集中している。夜の雪道は運転しにくいはずだ。

「代わろうか、運転」

私は声をかけた。

「起きたんだね」と因幡はちらりと私を見てそれから、「もうすぐ着くから眠ってるといいよ」と前を見たまま言った。私はまだ眠かったけれど、なんとなく窓の外をぼんやりと見ていた。と言っても外は真っ暗で、ヘッドライトに照らされる雪の破片がひらひらと閃くだけで何も見えなかったけれど。眠らない私を見て因幡は話し出した。

「かわいかったね、ミユキちゃん。はるかが生意気だっていうのも分かる気がするけどな」

前を見たまま因幡は口角を上げて笑った。私も笑う。

笑いが収まった頃に、私は来る時からずっと持っていた紙袋を取り上げて、渡しそびれたんだけど、と因幡の方を見ずに言った。

「りょうにクリスマスプレゼントを買ったの」

「俺に？」

因幡はとても意外そうな顔をして、運転中だというのに私の方を見た。

「後ろのシートに置いておくから。持ってなかったでしょ、目覚まし時計」

私はできるだけさりげなく言った。因幡はいつも腕時計のアラームを目覚まし時計の代わりにしていたのを思い出して買ったのだ。

「ありがとう」

因幡は嬉しそうに一言礼を言った。その横顔をちらりと盗み見て、なぜか私はほっとした。

深夜のせいか、道はとても空いていて対向車もほとんど通らなかった。しばらくして因幡は、そう言えば、と思い出したように言った。

「はるかの私物、ダンボールに入れたままこっちに持ってきてるんだ」

「え？」

「だからいつでも取りに来るといいよ。ミユキちゃんと約束してただろ」

今度は私が驚く番だった。あんなもの、荷物にしかならないのに、捨てるとまではいかないにしてもこっちに持ってくるなんてどうかしている。

「槇村の奴がしつこくてさ。はるかの使ってたグローブだのブーツだの譲ってくれって、でも俺のものじゃないし、はるかが大事に持ってたものだろ。あいつにやるのは嫌だったからこっちに持って来たんだ。でもミユキちゃんにならあげてもいいな、かわいいから」

因幡はさらりと流したけれど、私は自分が見透かされたようで堪らなかった。そんなもの、後生大事に持っているなんて、本当は今でも走りたい、そう言っているようなものだ。そんなことは微塵も言っていないのにこの人はみんな分かっていると、高い所から私を見下ろして静かに笑い、揶い上げる。

「はるかはさ」

穏やかな声が車内に通る。いつの間にか雪はやんでいた。その代わりのように寒さがしんしんと車の中に忍び込んできて足元が少し寒かった。

「お正月はどうしてるの？」

対向車のヘッドライトが一瞬車内を照らして通り過ぎて行った。

「お正月？」

「うん、もうすぐだろ？　はるかは日本には帰らないの？」

帰る場所などない。

「私はここで過ごすけど」

私の家は、これから帰る家だけだ。

「そうか、俺もね、まだこっちに来たばかりだし、今年の正月はここで過ごそうと思うんだ。病院の方も休みが取れるか分からないし」

無理をしている、そう思った。私と違って因幡の両親は健在だ。兄弟もいる。どんな仕事をしていても正月くらいは家族の元へ帰るはずだ。普通の家族はそうする。家族の縁が薄い私でもそれくらい知っている。結婚をしてまだ間もない時に一度だけ因幡の両親に会ったことがある。因幡の父親も医者で、因幡と同じ白いきれいな手をしていたのを思い出す。

「無理をしないで、あなたは帰ったほうがいいんじゃないの」

もう関係のないことだったけれど、因幡が私を気にしていることは明らかなので、私は一応そう言った。

「いいんだ、飛行機のチケットもばかにならないし、だからさ」

因幡はちらりと私を見てから続けた。

「どっか行かないか、はるか」

「え?」

「正月、どうせ暇なんだろ。俺も一日くらいだったら休み取れるし、どっか行こうよ」

因幡が何を考えているのか分からなかった。

「どのあたりがいいか、スコットにちゃんと聞いておくから」

楽しそうに因幡は、「な? いいだろ?」とさらに言った。断る理由も思いつかず、私は曖昧に返事をした。

「じゃあ、決まりだな。病院の日程が分かったらまた電話するよ」

因幡はあっという間に決めてしまった。私は以前より鋭くなった因幡の横顔を見る。顎のラインは尖っていて頬骨の下は窪み、はっきりと黒い影ができている。あの結婚指輪はどういうつもりなのだろう。そう思ったとき、ぐっとブレーキが踏み込まれ体が少しだけ前に持っていかれた。前を見ると車のテールランプが帯になってずっと続いていた。雪がまた降り出していた。

「事故かな」

因幡が呟いた。もうそんな遠くない所にいるのについてない。

「もう一眠りできるよ、はるか。朝までには着いてると思うから」

因幡は白い手でハンドルを握ったまま口角を下げてそう言った。やっぱり運転を代わると言った私の申し出はあっさり却下され、埃のように舞う雪と連なる車のテールランプを見ていたらまた眠くなってきた。

――はるか、
遠くでなんだか懐かしい声が私を呼んでいた。

――はるか。

けれど私は声に背を向けて猫のように丸くなったまま、閉じた目を開けようとしなかった。

——着いたよ、はるか。

少年は話しかけている、けれど猫には人間の言葉は分からない。私は空を飛んでいく小鳥を目で追っていて、少年の言葉は私のところまで届かない。そのうちに白い手が私の膝の裏と首の後ろに差し込まれてそっと持ち上げられた。目を閉じていても分かる。白く長い冷たい手。それから暖かい心臓の音、懐かしい匂い、安心する。冷たい外気はすぐに遮断され室内に入る、ベッドに寝かされる、私の背中に馴染むいつもの私の部屋のベッド。白い腕は私の首の下と膝から引き抜かれ、今度は長い指が、私の額にかかる髪を優しく掻きあげた、額に置かれた白い指はやっぱり冷たかった。

——帰るからね、はるか。

今度は少し近くで声が聞こえた。

けれどいつまで経っても額に置かれた指は離れなかった。やがて指は私の細い髪を掬って耳の後ろに滑り込んだ。薄く目を開ける。因幡の唇が私の唇に触れた。そしてすぐに離れた。頭の後ろに滑り込んでいた指も離れ、温かい毛布が私の胸のところまで引き上げられた。

——おやすみ、はるか。

掠れた声で因幡は囁いた。パタンと扉は閉められ車のエンジン音は遠ざかっていく。窓の外は明るくなり始めていた。因幡の唇は指と同じでとても冷たかった。

哀しいキスだった。


目が覚めたのは十一時頃だった。カーテンの外は眩しいほど明るく、薄く雪が積もっていた。枕元にクリスマスツリーと左腕に指輪をはめたくまのぬいぐるみがあった。ツリーはプラスチックのおもちゃで、コードに繋がれてぴかぴか光っていた。二年前のクリスマスに因幡が私にくれたクリスマスプレゼントだ。装飾の少ないこの部屋にそれは妙に浮いているように見えた。くまのぬいぐるみを手に取ってみる。その横で赤や黄色の灯りがぴかぴかと光っている。優しい因幡、涙が出そうになる。今日はクリスマスだ。


その日の夜、因幡から電話があった。

「はるか、ちゃんと起きれたかい?」

起きれたも何も私はとっくに休暇中で何時に起きても一向に構わない。夜中じゅう車を運転して、そのまま仕事に行った因幡の方こそ大変だったはずだ。

「あのクリスマスツリー」

電話口で私はぽつりと言った。

「え？　ああ、はるかの忘れ物だろ、ちゃんと届けられてよかった」

因幡はさらりと言った。

「指輪は？」

「あれも、忘れ物だろ」

私たちは離婚したんだ。指輪は離婚届と一緒に因幡の部屋に置いてきた。忘れたわけではない。

「それよりさ」

因幡の声は明るかった。

「レキシントンにしよう」

「え？」

「正月休み、二日に取れたんだ。元旦の夜にこっちを出て、ボストン市内からだとそんなに遠くないらしいよ」

はるかは行ったことあるかい？　と寝てない割に因幡は楽しそうに聞いてきた。

「ないけど」

「相変わらず旅行は嫌いなんだね、古い教会とか劇場があるらしいよ。はるか、そういうの、好きだろ」

電話でスコットに聞いたらしい。

「だから元旦の夕方うちまでおいで。鍵はポストに入れておくから」

電話口で因幡は言った。俺が帰ったらそのまま行こう、そう言って電話を切った。

大晦日にもう一度因幡から電話があった。元旦から二日にかけては天気も良さそうだし、日の出も見えるかもしれないとか、劇場ではボストン大学主催のミュージカルが上演されているとか、そんな話をした。俺は朝からもういないから、暇なら昼頃からうちに来てるといいと因幡は言った。仕事も休暇に入っていたし、本当に暇だったのでそうするつもりでいた。

けれど年が明けて元旦の朝、目が覚めたとき、私の体は鉛のように重かった。不快だった。ベッドに横になったまま天井に右手をかざす。指が浮腫んでうまく動かせない。激痛が走る。同じ痛みが左足にもあった。目を瞑って痛みをやり過ごす。昨日の夜はなんともなかったのに。

――はるか、風邪とかひいてないか。

昨日、電話口で因幡はそう言って笑った。手足の痛みはじっとしていても治まらず、それどころか膨張して体中に拡散した。頭が重い、発熱しているらしい、何時だろう、外はまだ明るいから昼過ぎ頃だろうか、夕方までには因幡のうちに行かないと、あんなに楽しそうに話す因幡の声を聞いたのは久しぶりのような気がする。いや、楽しみにしていたのは因幡よりも私の方だ。

もう、別れたのに。

因幡はいったいどういうつもりだろう、私なんかと関わっていたらいつまで経っても再婚なんてできない。

眠っていたらしい、枕元で声がする。くぐもった因幡の声だ。低い声で誰かと話をしている、部屋が暗くてよく見えない。

「気が付いたかい、はるか」

額に白い冷たい手が置かれた。

「りょう?」

「スコットに来てもらうことにしたよ、どこか痛むかい?」

「スコットに?」

彼は今休暇中だ。あの暖かい家で小さなミユキとニューイヤーを祝っているはずだ。スコットがここに来たらミユキは一人になってしまう。

「安心して、もう少し眠っておいで」

「りょう?」

私の声は掠れて言葉にならない。因幡はやさしく私の頭をなでてくれた。

息が苦しかった。スコットが私の胸をこつこつと叩いて聴診器をあてている。手は胸から肋骨を辿りみぞおちからわき腹へ移動する。すぐ横に因幡がいて何か話している。こんなに近くにいるのに耳の奥がさっきからきーんと鳴っていてよく聞き取れない。二人が唇の動きを読みあって会話をしているようだ。やがて因幡がいなくなる。電話をかけに行ったのだと、なぜだか私は理解する。体はぼおっとしてだるく、頭は割れるように痛かった。寒いのか熱いのか分からなかった。体が動かない、指一本動かせない。

「はるか、病院に行くよ。今、因幡君が用意をしているからね」

スコットが言った。

——嫌だ、病院には行きたくない。スコットは休暇中のはずだ。因幡だって今日は休みを取っている。病院になど行く必要ない。

私はスコットに途切れ途切れにそう言った。

「心配ないよ、はるかは何も心配することない」

——違う、スコット、そうじゃない。

「準備ができた。スコット、車をまわしてくる」

「ああ、頼む。——さあ、行こうか」

私は毛布ごと抱き上げられる。

「目が覚めたらきっと良くなってるから、もう少しの辛抱だ」

耳元でスコットがそう言った。

私は病院になんか行きたくないのに、病院に行ったたって治りはしないのに。

外は雪が降っていた。ふわふわと埃のように舞っていた。その空を小鳥が一羽横切っていく、私は目だけでそれを追った。


浅い眠りの中にいた。浅い流れの中で浮かんだり沈んだりしながら、私はピアノの音で目を醒ました。三箇日が明けて一月四日になっていた。丸二日意識がなかったらしい。クリーム色の天井の広い個室にいた。ベッドのそばには四角い機械がたくさんあって、腕には点滴のチューブが繋がれていた、床は絨毯で向こうの方にはソファがあって小さい背中を丸くしてミユキがおもちゃのピアノを弾いていた。おもちゃのピアノは鍵盤が叩かれるたびにカンカンと高い音が鳴った。がちゃりと扉が開けられる。

「ミユキ、ここでピアノを弾いては駄目だと言ったろ。出なさい」

「だって」

丸めた背中を伸ばしてミユキが私の方をうかがうように覗き見た、目が合った。

「あっ、はるか」

短い声を上げて、ソファから飛び降りるとミユキはベッドのそばまで駆け寄ってきた。

「はるか、やっと目、覚ました。ずっと寝てるからつまんなかったんだよ」

枕元にかじりつくようにミユキは必死で、はるか、はるかと私の名を呼んだ。頭を振るたびに揺れる優しいブラウンの髪がきれいだった。

「ミユキ、因幡君を呼んできてくれないか。パパの診察室にいるから」

ミユキの後ろに立ったスコットはミユキの首根っこを掴んで軽く引っ張った。

「パパ、私は猫じゃないわ」とミユキは振り返って抗議したが、スコットは軽くかわして、眠ってたら起こしてもいいから、ちゃんと連れてきてくれともう一度言って、走っていくミユキを見送ってから扉を閉めた。

それからゆっくりとした動作でベッドのそばまで歩いてくると、スチールのいすに腰を下ろした、その間、ずっと私を見ていた。

「気分はどうだい？」

少し目を細めてスコットはやっとそれだけ言った。

「悪くないわ」

咽喉がからからで息を吸うと、ひ、と変な音がした。

「意識が、なかったんだよ」

それからスコットは、私の体の容態をゆっくりと説明し始めた。炎症数値が異常に高いこと、普通の人の二十倍とかで、今は薬で抑えているけれど依然下がらず危険な状態であること、左足の薬指と小指は治療できるが、右手の人差し指はもう駄目かもしれない、とスコットはスコットらしくない苦渋の表情で、けれど口調はいつもと変わらない柔らかい声で説明した。

因幡が聞いたらどんな顔をするだろう、最初にそう思った。うそをついてでもそれは因幡に言ってはいけない、そう思ったけれど多分、因幡は私が知るよりも早くすでに私の容態を私よりも詳しく寸分違わず把握し、理解しているのだと思った。そして彼は今からここにやってくる。

会いたくなかった、気が重い。そしてそんな私にスコットがとどめを刺した。「因幡君も心配しているよ」と。

ガチャリ、と扉が開いて因幡が入ってきた。その後からミユキも。けれど入れ違いにスコットは立ち上がり、渋るミユキの腕を取ってそのまま退室した。

部屋は静かだった。

因幡は音もたてずにベッドの横まで歩いてくるといすに腰掛けた。なんだかぼんやりとしている。シャープな輪郭の顔は青白く、頬骨の下の影はいつもより濃かった。因幡は疲れたような目で私を見たまま、いつまで経っても何も言わなかった。言うべき言葉がみつからないのだろう。私は堪らず窓の外に顔を向けた。

因幡はやさしい。りょうの声はいつもやさしく穏やかで安心する。けれど今はそれが鬱陶しいと思った。声を聞きたくない、顔を見たくない、因幡はまるで私がこうなってしまったのを自分の責任だとでも思っている、吐き気がする。

「元気になったらね」

疲れた顔で無理に笑って因幡は言った。

「いつでも行けるから」

その声は中途半端に部屋に響いた。

「……みたくない」

「え？」

「りょうの顔は見たくない」

窓の方を見たまま私は低い声でそう言った。喋るたびに私の咽喉は、「ひい」と間抜けな音をたてた。窓の外は鼠色の空で、今にも雪が降り出しそうだった。因幡は何も喋らず、出て行こうともしなかった。やがてノックがして看護師が顔を出した。それをきっかけに因幡はゆるゆると立ち上がった。後ろ髪を引かれるようにベッドのそばから離れようとする。その背中に因幡だけに聞きとれる声で私は言った。

「あなたが私に付き添う必要なんて全然ない」

ゆっくりとした動作で因幡は振り向いた。

「私があなたと別れたのは、あなたのせいじゃないんだから」

因幡の顔はとても哀しそうに見えた。

意識が混濁している。手足が痛む。お前はその程度の人間だ。桜が散って赤い血が広がって花火が上がる。声がする。体が痛い。オイルの匂い。帰りたい。遠くに。大丈夫。じっとしていれば因幡がむかえにきてくれる。帰りたい、帰りたい、帰りたい、どこに？

ピアノの音で目が覚めた。ソファの方を見ると、けれど誰もいなかった。気のせいか。テーブルの上にあったおもちゃのピアノが枕元にあった。さっきまでミユキが弾いていたのかもしれない。左手を突いて起き上がってみる。体の関接のあちこちが悲鳴を上げた。

激しい眩暈、うずくまって耐えていると少しだけ平気になった。枕元のピアノを左手で引き寄せる。思ったよりも重く、落としそうになって、咄嗟に出した右手は痺れていてうまく動かせなかった。この腕はもう駄目かもしれない。足の上にピアノを置く、背中を丸めて左手の人差し指で鍵盤を叩いてみる。「かん」と変な高い音が出た。ピアノなんて弾いたことなかったのででたらめに弾いてみる。ミユキが弾くよりひどいと自分でも思った。

ガシャリと扉が開いて、スコットが入ってきた。

私を見て少し驚いた顔をした。

「ミユキがまた弾いてるのかと思った」

すぐに笑顔になって、ベッドのそばまで歩いてくる。

「今日は機嫌がいいのかい、起き上がったりして珍しいね」

別にいいも悪いもない。私はピアノを弾くのをやめて窓の外を見た。スコットも腰を下ろして私の視線を追って窓を見る。

「カナコが亡くなったとき」

窓の外を見ながらスコットは話し出した。窓ガラスに映るスコットの顔はなんだか頼りなげに見えた。

「僕はひどく落ち込んでね。ミユキが生まれたばかりの時だったけれど、もう立ち直れないんじゃないかってくらいひどく落ち込んだ」

どこかで微かに鐘の音がしていた。変わらない鼠色の冬の空を見ながら私は思った。こんなに人を愛せる人が愛する人を亡くしたら、どうなってしまうんだろう。私にはよく分からなかった。

「思えば僕はミユキに助けてもらったんだ」

「え？」

「ミユキはね、本当に小さくてまだ生まれたての赤ん坊だったんだ。きっと僕はそんな小さなミユキの目からでさえ可哀想に見えるほどどうしようもなかったんだ。泣いているミユキのそばでやっぱり泣いている僕の目の前に、ミユキはね、小さな手を出してきた」

「手を」

「そう、赤ん坊の丸くて柔らかい手」

ミユキの丸くて柔らかい手。

「その時はね、ミユキが僕に手を差し伸べてくれたんだと思ったんだ」

悲嘆に暮れる父親に差し伸べられる天使の手。それはきっと勝手な解釈だろうが、それでもスコットはその手に救われたのだろう。

「赤ん坊だからって甘く見てはいけないよ。はるかだって、すぐそばで死にそうな顔して助けてほしいって泣いている人がいたら手を貸すだろ？」

　私は赤ん坊以下の扱いらしい。

「みんな持ってるんだ。生まれたての赤ん坊でさえ、差し伸べる手をね」

　私は俯いて自分の手を見た。私の手は、汚い手だ。

「捨てられた子犬みたいに死にそうな顔をした因幡君とさっき擦れ違ったよ」

　スコットが言った。やさしい因幡。

「駄目なんです、私は。」

「駄目じゃないよ」

「駄目なんです」

　私はそもそもの始まりでつまずいている。子供はまず親を愛す。私は愛せなかった。

　最初のコミュニケーションで失敗を犯した。だから他人を愛せない。だから自分を否定する。愛せない私は血も肉も腐っているのだとずっとそう思っていた。そして恋愛とは、自分というフィルターを通して他人を見ることだ。腐ったフィルターには何も映らない。腐った自我からは何も生まれない。どんなに暗くなっても遅くなっても皆、最後にはうちに帰っていく。帰るべきうちはあったが、帰りたい場所には戻れない境界があった。触角はあるけれど感覚がなかった。生活はあるけれどコミュニケーションがない。セックスはするけれど感情はない。そもそもの始まりをまちがえたからだ。普通の人の振りはできるが人とは暮らせない。私はそんな人間だ。そしておそらく因幡はそれを全部知っている。知っていてそれでもなお私に笑いかける。正気の沙汰ではない。だから私は逃げ出した。そんなにやさしい言葉をかけられては私は、困るのだ。

「帰るうちはあるじゃないか、因幡君が待ってる」

「駄目なんです」

「どうしてだい？」

「うまくいかない。私は、人とは暮らせない」

「そんなことないよ」

「駄目です」

「素直になればいい」

「できません」

「できるさ」

窓ガラスに映る自分の顔をスコットに見られたくなかったから、私はおもちゃのピアノに視線を落とした。

スコットは笑って言った。

「簡単なことだ」と。

「手をね、差し伸べるだけでいいんだ」

おもちゃのピアノの鍵盤が幾重にも見えた。私の目から涙がたくさん流れていた。

「君はちゃんと人を愛せる人だ」

おもちゃのピアノの音のように、その声は私の中の高いところでかんと響いた。白い鍵盤の上に透明な涙の玉が幾重にも広がった。


色々な夢を見る。子供の頃の夢、うちのすぐそばの河原には夏になると蛍がたくさん光っていて母親と見に行った。父はうちでテレビを見ていた。花火大会は迷子になって一人で歩いて家まで帰ったら、誰もいなくて鍵がかかっていて、膝をかかえてずっと待っていた。それから初めてサーキットに行った日、ここに棲みたいと思った。どんどん夢中になっていった。何回も桜が散って私はなんだかいつも一人で泣いていた。因幡に出会う。不思議な人だった。なつかしい因幡、あなたに会いたい。

発熱のたびに私の体と意識は弱っていった。目の覚めているとき、多分、一日のうちのそれは数時間だけだったのだろうけど、私はずっと因幡を待っていた。因幡は私の眠っている時にばかり訪れているようだった。容態は日に何度も急変し、周りが騒がしくなっていった。頭の上で複数の人の声がする。スコットもいた。点滴のチューブは常時腕に繋がれたままになり、頭の上に置かれた四角い器具からは規則的で耳障りな機械音が妙にはっきり聞こえてきて不快だった。時々がたがたと震えるほど寒い。体温調整がうまくできないらしい、覚めている時も眠っている時も冬の空の鼠色が体中を繭のように覆っているような感じがした。

薄く目を開けると、枕元に因幡がいた。因幡はいつも伸ばしている背筋を折り曲げて少し前傾になって、両膝に両肘をついてじっと一点を見ていた。

——りょう。

私は少しだけ首を傾けて因幡の方を見た。気が付いて因幡も私を見る。捨てられた子犬のような濡れた目をしている。私は思わず動かせる方の左手を因幡の方に毛布の中から差し出した。目の前に突き出された私の赤黒い腕を見て、因幡はなんだかとても驚いた顔をした。それから因幡の目の中で、水の玉が大きく膜を張り波打った。

りょう、泣いては駄目だ。

「はるか」

因幡は掠れた声で私の名を呼び、両手で私の浮腫んだ手のひらを包み込んだ。因幡の白い手は冷たい、見惚れるほどに長いきれいな指だった。

「はるか、大丈夫?」

掠れた声で因幡が呟いた。全然大丈夫じゃない。ぼさぼさの髪も、どこか焦点の定まらない目も、疲れた肩のラインも、因幡らしくない。私よりも全然、りょうの方が大丈夫じゃない。

「元気になったらね」

私の手を両手で包んだまま因幡は言った。

「スコットが外出許可をくれるって、そうしたら今度は絶対旅行に行こう。はるか」

因幡は私の手を包んだ両手ごと自分の顎の下に持っていった。祈りを奉げるクリスチャンのような姿勢になった。

「信州にも、レキシントンにも行きそびれただろ。だから絶対連れてってやる」

私は微かに微笑んだ。息を吸った瞬間、咽喉からひいと妙な音がした。因幡の温かい息が手にかかる。

「絶対だ、俺たち、新婚旅行にも行ってない」

「え?」

「はるかは俺の奥さんだろ。絶対連れて行く」

その時、少し前傾になった因幡の首元からチェーンに通したシルバーのリングが見えた。

因幡はずっとリングを身に着けていた。やつれた顔に笑い皺を作りながら言った。

「離婚届はね、出さなかったんだ」

涙は目の端からこめかみを通り、シーツの上にぽたりと落ちた。

「俺は、はるかのことなら何でも知ってるんだぜ」

瞬《まば》きもしていないのに、涙は音もなくひたひたとシーツを濡らしていく。

「ワインの白が好きだろ。花火が好き、サボテンが好き」

私の手を握る因幡の手がぐっと強くなる。因幡は私にいつもぽんと言葉を投げてくる。

「旅行が嫌い、牛乳が嫌い、飛行機が嫌い」

「飛行機？」

「渡米は船だったんだろ？」

そうだけれど、別に飛行機が嫌いだったわけじゃない。

「西日が好き、川べりが好き、アイルトンセナが好き」

因幡はやっと笑った。いつもの因幡だ。私の方を見るまなざしだけが暗い。

「甘いものが嫌い、点滴が嫌い、オレンジが嫌い」

「オレンジは好きよ」

「そうか？　入院してるとき、差し入れのオレンジを俺にくれた」

「食べきれなかったからよ」

「じゃあ、好き。コーヒーが好き、ブルーが好き、屋上が好き」

それは、私じゃなくて因幡の方だ。

「電話が嫌い、雨の日が嫌い、病院が嫌い」

「黒い大きな手が好き、オイルの匂いが好き、マイケルジョーダンが好き」

因幡の言葉尻をとって私は続けた。

「注射が嫌い、白い手が嫌い、医者が嫌い」

「俺は?」

「りょうは」

私は顎を少し上に向けるようにして因幡を見た。

「りょうは、好きよ」

やっと言えたと思った。

——俺も。

そう因幡の声が聞こえたような気がした。目を閉じると瞼の裏にぱっと桜のピンクが広がった。私たちは三年前の四月、桜の散る季節に出会い、そして結婚した。因幡は私に病名を告げプロポーズし、こんな私のそばにいてくれた。すうっと落ちていく意識の端っこで、私はちゃんと人を好きになることができただろうか、と思った。ちゃんと因幡を愛しているだろうかと思った。私の意識は深く深く落ちていった。

はるかがピアノを弾いている。子供が遊んでいるみたいに人差指一本で、もう動かない指先を操って。けれどちゃんと旋律を奏でている。背中を丸め、顔にかかる髪をはらいもせず。はるかがなぜ死ななければならないのか、それがわからない。

夜には危篤になった。そして夜明けを待たずはるかは逝ってしまった。二年前、俺ははるかに言った。「心配ない」と。「命に関わる病気だけれど、そんなことにはならない」と。本当にそう思っていた。大丈夫だと。

「はるか、俺はちゃんと君を好きだっただろうか、ちゃんと愛していただろうか」

カーボーイハットのよく似合うあのサボテンはまたひとつ赤い蕾をつけ始めていた。

（終わり）

著者プロフィール

岡田 英子（おかだ えいこ）

昭和49年１月、兵庫県神戸市に生まれる。
比治山女子短期大学国文科を卒業。
現在、会社勤めの傍ら創作活動に取り組む。

はるか遠く

2005年３月15日　初版第１刷発行

著　者　岡田 英子
発行者　瓜谷 綱延
発行所　株式会社文芸社
〒160-0022　東京都新宿区新宿1－10－1
電話 03-5369-3060（編集）
03-5369-2299（販売）

印刷所　図書印刷株式会社

ISBN4-8355-8678-6